新訳

ナルニア国物語 1

ライオンと魔女と洋服だんす

C・S・ルイス
河合祥一郎＝訳

JN009973

The Chronicles of Narnia,
The Lion, the Witch and the Wardrobe
by C. S. Lewis 1950

目次

登場人物

ルーシー
四人兄妹のいちばん下の妹。
ナルニアへの扉を開く。

エドマンド
四人兄妹の下から二番めのひねくれ者。
白の魔女と出会う。

スーザン
四人兄妹の上から二番めの
やさしい姉。

ピーター
たよりになる長男。
エドマンドから嫌われている。

アスラン
聖なる森の王で最強のライオン。

白の魔女
自称「ナルニアの女王」。
四人の命を狙う。

タムナス
腰から下がヤギのフォーン。
ルーシーと友だちになる。

ビーバー夫妻
タムナスの友人。
四人を助けてくれた。

教授
四人をあずかった、
ふうがわりな老人。

－新訳－

ナルニア国物語

1

ライオンと魔女と洋服だんす

第一章

ルーシー、洋服だんすのなかへ

昔、ピーター、スーザン、エドマンド、ルーシーという名前の四人の子どもがいた。これからお話しするのは、戦時中、この四人のきょうだいが空襲を逃れて、ロンドンから遠くはなれた疎開先にやってきたときに起こった物語である。きょうだいが預けられたのは、年老いた教授のお屋敷だった。最寄りの駅から十六キロもはなれていて、いちばん近い郵便局に行くのに三キロも歩かなければならないという、たいへんな田舎だ。教授には奥さんがおらず、とても大きなお屋敷に、家政婦さんのマクリーディさんと、三人のお手伝いさんといっしょに住んでいた。（お手伝いさんの名前はアイビー、マーガレット、ベティというが、この話にはあまり出てこない。）教授はとても高齢で、頭はもちろん、顔までぼさぼさの白髪でおおわれていた。子どもたちは教授のことがすぐに好きになったが、最初の晩、子どもたちを出迎えに玄関に出てきた教授があんまり風変わりだったものだから、いちばん小さなルーシーは少しこわくなってしまったし、下から二番めのエドマンドは笑いたくなって、それをごまかすのにずっとはなをかむふりをしていなければならなかった。

お屋敷に着いた最初の日の晩、教授におやすみなさいを言って二階にあがったとたん、男の子たちは女の子たちの寝室にやってきて、みんなでこんな話をした。

「やったね、こいつはいいぞ」と、お兄さんのピーターが言った。「すごいな。あのおじいちゃん、ぼくらの好きなようにやらせてくれそうだ。」

「どうやら、いい人のようだわね」と、お姉さんのスーザンも言った。

「ちぇ、やめろよ！　そんな言いかた、するなって！」そう言ったのは、弟のエドマンドだ。つかれているのに見栄《みえ》を張ってへっちゃらなふりをしている。そんなときエドマンドは決まって不機嫌でつっけんどんになるのだ。

「どんな言いかた？」と、スーザン。「ともかく、あなたはもう寝る時間よ。」

「お母さんみたいな言いかたしてさ」と、エドマンド。「ぼくに寝ろだなんて、なにさまのつもりだい。お姉ちゃんこそ、寝ればいいじゃないか。」

「みんな寝たほうがいいんじゃなぁい？」と、妹のルーシーが口をはさんだ。「ここでおしゃべりしてるのが聞こえたら、しかられちゃう。」

「だいじょうぶさ」と、ピーター。「この家じゃあ、だれもぼくらのすることなんか気にしちゃいないよ。どうせ、聞こえやしないしね。ここから下の食堂まで行くのに十分はかかるし、とちゅうに階段や廊下がどれだけあるかわからないくらいなんだから。」

「あの音、なあに？」

ふいにルーシーがたずねた。こんなにとてつもなく大きな家は初めてだったし、長い廊下がずっとつづいていて、どのドアをあけてもがらんとした部屋があると考えただけで、なんだかこわくなってしまったのだ。

「ただの鳥だよ、ばかだな」と、エドマンド。

「フクロウだ」と、ピーター。「ここは、鳥にはすばらしいところだろうな。さて、ぼくはもう寝るよ。そうだ、明日《あした》は探検しに出かけよう。こんなところには、いろんな生き物がいるだろうよ。来るとちゅうの山を見たろ？　それと、森も？　ワシがいるだろうな。鹿もいるね。タカも。」

「アナグマも！」と、ルーシー。

「キツネも！」と、エドマンド。

「ウサギさんも！」と、スーザン。

ところが、翌朝になってみると、ざあざあ降りの雨で、窓の外を見ても、山や森どころか、庭に水が流れているようすさえ見えないのだった。

「ちぇ、そりゃあどうせ雨降りだろうよ！」と、エドマンドは言った。それは、みんなが教授といっしょに朝ごはんをいただいたあと、子ども部屋として使いなさいと言われた部屋にあがってきたときのことだった。天井の低い細長い部屋で、窓がふたつならんでいて、別の壁にも窓がふたつあった。

「ぶつぶつ言わないの、エド」とスーザンが言う。「きっと一時間もすれば晴れるわよ。それまでに、やることならいろいろあるわ。ラジオもあるし、本だってどっさり。」

「それよりも、ぼくは家のなかを探検するぞ」と、ピーターが言った。

　これにはみんな大賛成だった。こうしていよいよ、あの冒険がはじまったのだ。どこまで行っても行きどまりにならないくらい大きな家だったから、思いもよらない場所があちこちにあった。手はじめにいくつかドアをあけてみたら、なんてことはないお客さま用寝室だったりしたが、そのうちにずらりと絵がならんでいるずいぶん細長い部屋に出て、そこには、鎧兜《よろいかぶと》がひとそろい立ててあった。そのつぎの部屋には、ぐるりと一面に緑の壁紙が貼ってあって、すみにハープ〔竪琴《たてごと》〕が置いてあった。その先の三段の階段をおりてから五段あがると、二階の小さな廊下に出て、そこにならぶドアのひとつはバルコニーに通じており、ほかのドアをあけると、ひとつづきの部屋に出た。部屋から部屋へドアでつながっているのだ。どの部屋にも本がぎっしりならんでいる。たいていはかなり古い本で、教会にある聖書より大きな本も何冊かあった。

　そのすぐあとにのぞいた部屋は、がらんとしていて、大きな洋服だんすが一棹《さお》あるきりだった。扉の内側に鏡がついている古いタイプのたんすだ。その部屋には、ほかになんにもなかった。ただ、窓の下枠にアオバエの死骸《しがい》があるきりだ。

「なんにもなし！」ピーターがそう言って、みんなはまたぞろぞろと部屋を出ていった。ルーシーをひとり残して。ルーシーがとどまったのは、たんすの扉をあけてみたらどうかしらと思ったからだ。どうせ、鍵《かぎ》がかかっているに決まっているだろうけれど。

　ところが、おどろいたことに、扉は、すんなりあくではないか。あけたひょうしに、虫よけの樟脳《しょうのう》〔防虫剤〕の玉がふたつ、ころころところがり出てきた。

　なかをのぞいてみると、コートが何着もつりさがっていた。たいていは長い毛皮のコートだ。ルーシーは、毛皮のにおいをかいだり、さわったりするのが大好きだった。だから、さっとたんすのなかに足をふみ入れると、コートのあいだに入って、顔をすりつけてみた。もちろん、扉はあけっぱなしにしたままだ。だって、たんすのなかに閉じこめられたりしたら、おばかさんだからね。さらに奥へ入ってみると、手前のコートの列のむこうに、もう一列コートがならんでいるのに気づいた。そこまで来ると、もう真っ暗だったから、たんすの奥におでこをぶつけないように、手を前につき出しておいた。もう一歩ふみこみ――さあ、もう今にも指先がたんすのうしろの板にさわるわと思いながら、さらに二、三歩奥へ入っていった。けれども、いつまでたっても、なんにもさわらない。

「ものすごく大きなたんすなんだわ！」

ルーシーは、やわらかなコートをかきわけながら、どんどん奥に進んだ。すると、足の下でなにかザクザクふみしめているような感じがあった。

「虫よけの玉かな？」

そう思って、かがんでさわってみた。だが、足もとにあったのはかたくてつるつるのたんすの木の床ではなく、ふわふわ、さらさらとしていて、すごく冷たいものだった。

「あれえ、おかしいな。」

ルーシーは、もう一、二歩、奥へ進んでみた。

つぎの瞬間、顔や手にふれているのは、やわらかな毛皮ではなく、かたくてごつごつして、チクチクさえするものだとわかった。

「まあ、木の枝みたい！」ルーシーはさけんだ。そのとき、前のほうに光が見えた。数センチ先にあるはずのたんすの奥の板よりもずっとむこうのほうで、なにかが光っているのだ。冷たくてふわふわしたものがルーシーに降りかかっている。気づいてみると、ルーシーは真夜中の森のなかに立っていて、足もとには雪がつもり、空から雪が降っているのだった。

ルーシーは少しこわいとは思ったが、これはいったいどういうことかしらと知りたくてたまらなくなって、わくわくしてきた。肩ごしにふりかえると、暗い木々の幹のあいだから、あけっぱなしのたんすの扉がまだ見えていたし、たんすがあったがらんとした部屋さえ、ちらりと見ることができた。（もちろん、扉はあけてきたのだった。たんすのなかから出られなくなったりしたら、ほんとにおばかさんだから。）たんすのむこうは、相変わらず昼間のようだった。

「なにかへんなことになったら、いつでも帰れるわ。」

ルーシーは、そう思うと、ザクザクと雪をふみしめながら進み、前のほうにある光にむかって森のなかを歩いていった。十分ほどすると、光のところに着いた。それは街灯の明かりだった。ルーシーは街灯を見あげながら、どうして森のまんなかに街灯があるのかしらとふしぎに思った。これからどうしようかなと考えていると、パタ、パタ、とこちらへ近づいてくる足音が聞こえてきた。やがて、森のなかから街灯の光のなかへ現れたのは、まったくふしぎなひとだった。

そのひとは、ルーシーよりほんの少しだけ背が高くて、かさを手にしていた。かさの上には真っ白に雪がつもっている。腰から上は人間のようだったが、脚はヤギの脚そっくりで、つやつやと黒い毛が生えていた。そしてなんと、足先はヤギのひづめになっていた。しっぽもあったが、ルーシーには最初しっぽがあるとわからなかった。というのも、しっぽは、雪の上を引きずらないように、かさを持っているほうの腕にきちんとかけてあったからだ。首には赤いウールのマフラーが巻かれ、肌もかなり赤みがかっていた。その風変わりな、かわいい小さな顔には、短くとがったあごひげが生えていて、巻き毛の頭からは二本の角が顔を出していた。額《ひたい》の両側に角が生えているのだ。片方の手には、さっき言ったように、かさを持っていたが、もう片方の腕には茶色の小包をいくつかかかえていた。雪道で小包をかかえているようすを見ると、いかにもクリスマスのお買い物をしてきたところのように見えた。このひとは、フォーン（腰から下がヤギの、神話に出てくる人物）だった。そして、ルーシーを見ると、びくっとしたあまり、持っていた小包をぜんぶ落としてしまった。

「うわあ、びっくりした！」フォーンは、すっとんきょうな声をあげた。

第二章

そこでルーシーが目にしたもの

「こんばんは」と、ルーシーは言ったのに、そのひとは小包をひろうのに大いそがしで、最初は返事をしてくれなかった。ひろいおえると、フォーンはルーシーにひょいと頭をさげた。

「こんばんは、こんばんは。」フォーンは言った。「失礼ですが——あれこれうかがうつもりじゃないのですが——あなたはひょっとすると、イブの娘さんじゃないでしょうか。」

「あたしの名前はルーシーよ。」相手がなにを言っているのかよくわからないまま、ルーシーは答えた。

「でも、あなたは——失礼ですが——あのぅ、いわゆる、女の子、ではありませんか？」

　フォーンはルーシーにたずねた。

「もちろん、女の子よ。」

「じゃあ、人間なんですね？」

「もちろん、人間よ。」

まだ少しわけのわからないまま、ルーシーは答えた。

「そりゃそうですね、そりゃそうですね」と、フォーン。「おろかなことを申しました。これまで、アダムの息子さんにも、イブの娘さんにも、お目にかかったことがなかったものですから。実にうれしい。それに――」そのときフォーンは、なにか言ってはいけないことを言いかけて、あぶないところでそれに気づいたかのように、言葉を切った。

「いやあ、うれしい、うれしい。」フォーンはつづけた。「自己紹介させてください。ぼくはタムナスと申します。」

「お会いできてうれしいわ、タムナスさん」と、ルーシーは言いました。

「ひとつおたずねしてもよろしいでしょうか、イブの娘のルーシーさん」と、タムナスさんは言った。「ナルニアへはどうやっていらっしゃったのですか？」

「ナルニア？　なあに、それ？」

「ここはナルニアの国なんです、今いるここが。この街灯から、東の海のケア・パラベルという大きなお城にいたるまで、ぜんぶナルニアなんです。あなたは――西の荒れた森からいらしたのですか？」

「あたし――あたし、空き部屋にある洋服だんすを通ってきたのよ」と、ルーシーは答えた。

「ああ！　子どものころに地理をもっと勉強しておけばよかった。」タムナスさんは、とても憂鬱《ゆううつ》そうな声で言った。「そういった外国のことを知っているべきでしたが、今となってはもうおそい。」

「あら、たんすは国なんかじゃないのよ。」ルーシーは、笑いだしそうになりながら言った。「つい、この裏にあるの――と思うけど――よくわかんない。むこうは夏なの。」

「ところが、ナルニアは冬。ずいぶん長いあいだ冬のままです。さあ、こんな雪のなかで立ち話なんてしていたら、かぜをひいてしまいます。永遠の夏が支配する遠い国《アキベヤー》にある、かがやける都市《ヨウ・フクダンス》からいらしたイブの娘さん、ぼくのうちでお茶をめしあがりませんか？」

「どうもありがとうございます、タムナスさん。でも、もう、おうちに帰らなくちゃ。」

「その角を曲がってすぐなんですよ、ぼくのうちは。それに、あったかい暖炉の火も燃えてますし――トーストも――油づけいわしも――ケーキもあります。」

「それは、ご親切にありがとうございます。じゃあ、ちょっとだけ。」

「ぼくの腕をお取りくだされば、イブの娘さん」と、タムナスさんは言った。「ふたりでかさに入っていけます。そう、それでいいです。さあ――行きましょう。」

　こうしてルーシーは、このふしぎな生き物と、まるで幼なじみであるかのように腕を組んで、森のなかを歩いていった。

　あまり進まないうちに、地面がごつごつして、岩がごろごろしているところへ出て、それから小さな丘をいくつかのぼったりおりたりした。ある小さな谷底へおりると、タムナスさんは急に曲がって、とてつもなく大きな岩に、まるでそのまま入っていくかのように歩いていった。「あ、ぶつかる」という最後の瞬間に、そこがほら穴の入り口なのだとルーシーにはわかった。タムナスさんは、ルーシーをそのなかへ案内しようとしてくれていたのだ。なかに入るとすぐ、燃えさかるたきぎの明かりがまぶしくて、ルーシーは目をしばたたいた。タムナスさんは、かがんで、小さな火ばしで、燃えているたきぎを一本取り出すと、ランプに火をともした。

「すぐですからね。」そう言うと、タムナスさんは、さっと、やかんを火にかけた。

　ルーシーは、こんなにすてきなところには来たことがないと思った。赤みがかった岩でできた小さなほら穴は、かわいていて、きれいにしてあった。じゅうたんのしかれた床に、小さな椅子がふたつあった。（「ひとつはぼくの、もうひとつはお客さま用」と、タムナスさんは言った。）それから、テーブルがあり、食器棚があり、暖炉の飾り棚《マントルピース》があり、その上のほうには白ひげを生やした年老いたフォーンの絵がかかっていた。部屋のすみにあるドアは、きっとタムナスさんの寝室に通じているんだろうと、ルーシーは思った。壁の本棚には本がぎっしりつまっていた。タムナスさんがお茶のしたくをしているあいだ、ルーシーは本をながめてみた。『森の精シレノスの生涯と書簡』、『妖精《ニンフ》とその伝統』、『人間、僧侶《そうりょ》、森番——民間伝説研究』、『人間は伝説上の生き物か？』といった本がならんでいた。

「さあどうぞ、イブの娘さん！」フォーンが言った。

それは本当にすばらしいお茶の時間だった。おいしい茶色の半熟卵がふたりそれぞれに一個ずつあって、油づけいわしをのせたトーストをいただくと、つぎにバターをぬったトーストが出て、そのつぎはハチミツをぬったトーストが出て、そのうえ砂糖のかかったケーキまで出てきた。ルーシーがもう食べるのはけっこうと言うと、タムナスさんはお話をしてくれた。森の生き物についてのすばらしいお話だ。真夜中のフォーンたちの踊りの話とか、泉に住む妖精《ニンフ》たちや森に住む木の精ドリュアスたちが出てきてフォーンたちの踊りに加わった話とか、つかまえたら願い事をかなえてくれるという真っ白な鹿を追って、長い隊列を組んで狩りをした話とか、森のはるか地下にある深い坑道やほら穴に住む荒々しい〝赤いこびとたち〟といっしょにパーティーや宝探しをした話などをしてくれたのだ。それから、森じゅうが緑となる夏には、老いた森の精シレノスが太ったロバに乗ってフォーンのところへやってきて、酒の神バッコスも来たりすると、森じゅうの小川に、水ではなくて酒が流れて、森のみんなは何週間にもわたってお祝いをしたものだと語ってくれた。

「今じゃ、いつまでも冬になってしまったがね。」タムナスさんは、むっつりとつけ加えた。それから、自分で自分を元気づけるために、食器棚にあった箱から、わらでできているような、ふしぎな小さな横笛を取り出して、吹きはじめた。そのメロディーを聞くと、ルーシーは泣きたいような、笑いたいような、踊りだしたいような、しかも眠たいような気分に、いっぺんになってしまった。はっと気がついて、タムナスさんに声をかけたときには、もう何時間もたっていたにちがいない。

「ああ、タムナスさん――ごめんなさい、その曲は大好きなんだけど――でも、ほんと、あたし、おうちに帰らなくちゃ。ほんのちょっとだけのつもりだったのに。」

「今となっては、もうだめですよ。」フォーンは笛を置いて、ルーシーにむかってとても悲しそうに首をふりながら言った。

「だめですって？」ルーシーはとてもこわくなって、飛びあがった。「どういうこと？　いそいでおうちに帰らなきゃ。みんな、あたしのこと、心配してるわ。」

でも、ルーシーは、そのあとすぐに、「タムナスさん！　いったいぜんたい、どうしたの？」と、たずねることになった。なにしろ、タムナスさんの茶色の目にはうるうると涙がいっぱい浮かんでいて、やがてその涙がほおを伝って流れはじめ、鼻の先からぽたぽたしたたり落ちて、とうとうタムナスさんは顔を両手にうずめて、おいおいと泣きだしてしまったのだから。

「タムナスさん！　タムナスさん！」ルーシーは、こまりきって言った。「泣かないで！　泣かないで！　どうしたの？　だいじょうぶ？　ねえ、タムナスさん！　どうしたのか教えて。」

だが、タムナスさんは、胸が張りさけんばかりに泣きつづけた。ルーシーがタムナスさんのところへ行って、その体に腕をまわして、ハンカチを貸してあげても、泣きやまなかった。タムナスさんは、ただハンカチを受けとると、それでひたすら涙をぬぐい、びしょびしょで使いものにならなくなると、両手でぎゅっとしぼるものだから、あっというまにルーシーの立っているあたりは水びたしになってしまった。ルーシーは耳もとで大声を出して、タムナスさんをゆさぶった。

「タムナスさん！　ねえ、泣かないで！　さあ、すぐ泣くのをやめなさい！　はずかしくないの、大きなフォーンのくせして。いったい、なにを泣いてるの？」

「ええん――ええん――ええん！」タムナスさんは、すすりあげた。「ぼく、悪いフォーンだから、泣いているんですよぉ。」

「あなたは、全然悪いフォーンなんかじゃないわ。あなたは、とってもいいフォーンよ。あなたみたいなすてきなフォーンに、あたし、会ったことないもの。」

「ええん――ええん――もし、ご存じだったら、そうは、おっしゃらない、でしょう。」タムナスさんは、むせび泣きながら答えた。「ぼくは悪いフォーンなんです。世界がはじまって以来、こんな悪いフォーンは、いなかったと思います。」

「だけど、なにをしたっていうの？」ルーシーはたずねた。

「ぼくの老いた父は、ほら、」と、タムナスさんは言った。「あそこの暖炉の飾り棚《マントルピース》の上の絵がそうですが、父だったら、こんなことは決してしなかったでしょう。」

「こんなことって？」

「ぼくがしたようなことです。白の魔女に仕えるということです。そうです。ぼくは、白の魔女の手下にさせられているんです。」

「白の魔女？　だあれ、それ？」

「だれって、ナルニアじゅうを思いどおりにしているやつですよ。ずっと冬のままなのも、あいつのせいです。ずっと冬なのに、クリスマスは来ない。ひどいでしょう！」

「それはひどいわ！　でも、そんな人のために、あなた、なにをしてるの？」

「そこが、いちばんひどいところなんです。」タムナスさんは、低いうめき声をあげて言った。「ぼくは魔女に仕える人さらいなんです。それがぼくの正体なんです。ぼくをごらんなさい、イブの娘さん。このぼくが、かわいそうな罪のない子どもと森のなかで会って、ぼくになんの悪いこともしていないその子と友だちになるふりをして、自分のほら穴に招待するのは、ただその子を眠らせ、白の魔女にさし出すためだなんて、ぼくがそんなことをするようなフォーンだと信じられますか？」

「信じられないわ。あなたは、そんなこと、絶対しないと思うわ。」

「でも、したんです。」

「だったら――」ルーシーは、とてもゆっくりと言った。（本当のことが言いたかったけれど、タムナスさんの気持ちを傷つけたくはなかったからだ。）「だったら、それはとてもいけないことだわ。でも、あなたは悪かったと思っているんだから、もう二度としないでしょ。」

「イブの娘さん、おわかりにならないのですか？　昔やったことを話しているんじゃないんです。今、まさにこの瞬間に、しているんです。」

「それって、どういうこと？」ルーシーは、真っ青になってさけんだ。

「あなたがその子どもなんですよ。」タムナスさんは言った。「ぼくは、森でアダムの息子かイブの娘を見つけたら、つかまえて引きわたすようにという命令を、白の魔女から受けているんです。そして、あなたが、ぼくが会った最初の人間の子どもなんだ。だから、ぼくはあなたの友だちになったふりをして、お茶に誘い、あなたが眠りこけるまで待ってから、魔女のところに教えに行こうとしていたんです。」

「でも、そんなこと、しないでしょ、タムナスさん」と、ルーシー。「しないわよね？　ほんと、ほんとにそんなこと、しちゃいけないわ。」

　すると、タムナスさんは、また泣きだしながら言った。

「そうしないと、かならずばれて、ぼくはしっぽをちょん切られ、角を切り落とされ、ひげをぬかれ、ぼくのこのきれいに割れたひづめの上で魔法の杖《つえ》をふられて、駄馬のおぞましいかたいひづめみたいなものに変えられてしまうんだ。それに、魔女がいつもより怒っていたら、ぼくは石に変えられて魔女の家に石像として飾られてしまう。ずうっといつまでも、ケア・パラベルの四つの玉座が埋まるまで。そんなの、いつのことになるか、だれにもわからないし、そんなことが起こるかどうかさえわかったもんじゃないのに。」

「それは本当にお気のどくだとは思うけれど、タムナスさん、」と、ルーシー。「どうか、おうちに帰らせてちょうだい。」

「もちろん、そうします。もちろん、そうしなくちゃいけない。ようやく、それがわかりました。あなたにお会いするまで、人間がどのようなものか、知らなかったんです。もちろん、あなたを魔女に引きわたしたりはできません。あなたとお知りあいになった今となっては、ね。でも、すぐに出かけなきゃ。あなたを街灯のところまでご案内しましょう。そこから、《アキベヤー》国の《ヨウ・フクダンス》町への道はおわかりになりますね？」

「わかると思うわ」と、ルーシー。

「できるかぎり、そっとまいりましょう。森じゅう、あいつのスパイだらけですからね。木のなかにだって、あいつの味方をするやつがいるんです。」

　ふたりは立ちあがり、お茶のカップやお皿をそのままテーブルに残して、タムナスさんの家を出た。タムナスさんはもう一度かさをさして、ルーシーに腕を貸し、ふたりは雪のなかへ出ていった。帰りは、このほら穴にやってきたときとは、てんでちがった。ひとことも口をきかずに、そそくさと、できるかぎりの早足で歩いたのだ。タムナスさんはいちばん暗いところばかり歩いた。ルーシーは、またあの街灯のところまで来ると、ほっとした。

「ここから先の帰り道はわかりますか、イブの娘さん？」と、タムナスさんは言った。

木々のあいだから目をこらしてみると、遠くに昼間の光のような木もれ日が見えた。

「ええ」と、ルーシーは言った。「洋服だんすの扉が見えるわ。」

「では、できるだけ早くおうちにお帰りなさい。そして――もしできたら、ぼくがしようとしたことを、ゆ、ゆるしてくださいますか？」

「それはもちろんよ。」

　ルーシーはフォーンと心をこめて握手して言った。

「あたしのせいで、あなたがひどい目にあわなければいいけど。」

「さようなら、イブの娘さん。もしかして、このハンカチ、もらってもいいでしょうか？」

「どうぞどうぞ！」ルーシーはそれだけ言って、かなたにある昼の光にむかって、全速力で走りだした。すると、やがてごつごつした枝にあたる感じがなくなって、ふわふわの毛皮にふれ、足にはザクザクとした雪ではなく、つるつるの木の板が感じられた。ルーシーは、いつのまにか、たんすから飛び出して、この冒険がそもそもはじまった、あのがらんとした部屋にもどっていたのだ。うしろ手で扉をしっかりと閉めると、ルーシーは息をぜいぜいさせながら、あたりのようすを見まわした。外はまだ雨が降っていて、廊下ではみんなの声がしている。

「ただいま！」ルーシーは、さけんだ。「ただいま。帰ってきたわ。あたし、だいじょうぶよ！」

第三章

エドマンドと洋服だんす

がらんとした部屋から廊下に走り出たルーシーは、ほかの三人を見つけた。

「だいじょうぶよ。」もう一度言った。「あたし、帰ってきたの。」

「いったい、なんのこと、ルーシー？」スーザンがたずねたので、ルーシーはびっくりした。

「だって、あたしがどこに行っちゃったんだろうって思ってたんじゃないの？」

「どうせ、かくれてたんだろ？」と、ピーター。「かわいそうなルー。かくれてたのに、だれにも気づいてもらえないなんて！　みんなにさがしてもらいたかったら、もっと長くかくれてなくちゃ。」

「でも、何時間も何時間もいなかったのよ」と、ルーシー。

三人は顔を見あわせた。

「いかれちまった！」エドマンドが自分の頭を指の先で軽くたたいてみせながら、「すっかりいかれちまった」と言った。

「どういうことだい、ルー？」と、ピーター。

「だからね、朝ごはんのすぐあとでたんすに入ったの。それから、あたし、何時間も何時間も帰ってこなくて、お茶をごちそうになったりして、いろんなことが起こったの。」

「ばかなこと言わないの、ルーシー」と、スーザンが言った。「私たちがあの部屋から出てきたのはついさっきのことで、それまであなたもいっしょだったじゃないの。」

「ばかなことを言ってるわけじゃないよな」と、ピーター。「お話をこしらえて楽しんでるんだろ、ルー？　おもしろいじゃないか。」

「ううん、ピーター、ちがうの」と、ルーシー。「あの――あれは魔法のたんすなのよ。なかには森があって、雪が降っていて、フォーンがいて、魔女がいて、ナルニアっていうところなの。見に来て。」

　ほかのみんなはどう考えてよいかわからなかったが、とにかくルーシーがあんまり興奮しているので、あとについてさっきの部屋までもどってみた。ルーシーが真っ先に部屋に飛びこんで、たんすの扉をさっとひらいてさけんだ。

「ほら！　なかに入って自分で見てみるといいわ。」

　スーザンがなかに頭をつっこんで、毛皮のコートをかきわけながら言った。

「なによ、おばかさんね。ふつうのたんすじゃないの。見てごらんなさい！　あそこに奥の板があるわ。」

それからみんながのぞきこんで、コートをかきわけた。そして、みんな見たのだ――ルーシー自身も見た――なんの変てつもないたんすを。森もなければ、雪もなく、たんすの奥には板があって、板には鉤《フック》がならんでいた。ピーターはなかへ入って、こぶしでとんとんとたたいて、板がかたいことをたしかめた。たんすから出てきたピーターは言った。

「一杯食わせたな、ルー。すっかりひっかかったよ、やられたね、ちょっと信じかけちゃったもんな。」

「ひっかけたんじゃないの」と、ルーシー。「ほんとにほんとなの。さっきは全然ちがってたんだもん。うそじゃないよ。約束する。」

「もういいよ、ルー」と、ピーター。「やりすぎだよ。みんなに一杯食わせたんだから、もうおわりにしたらいいじゃないか。」

ルーシーは顔を真っ赤にして、なにか言おうとしたが、なんと言っていいのかわからず、わっと泣きだしてしまった。

それから数日間、ルーシーはひどく落ちこんでいた。なにもかも冗談だったと言う気になれたら、すぐにでもみんなと仲直りできたのだろうが、ルーシーはとても正直な女の子だったし、自分が正しいことをわかっていたから、そんなことを言う気にはなれなかった。みんなから、ルーシーはうそをついていて、それも見えすいたうそをついていると思われるのは、とてもつらいことだった。上のふたりのきょうだいはルーシーを悲しませるつもりはなかったのだが、ときどきいじわるをするエドマンドは、このときもいじわるをした。ルーシーのことをあざけったりからかったりして、家じゅうのほかの戸棚に別の新しい国を見つけたかなんて聞くのだ。さらにくやしかったのは、こんなことさえなかったら楽しくすごせたはずの、いいお天気の日がつづいたことだ。朝から晩まで外に出て、水浴びをしたり、魚釣りをしたり、木のぼりをしたり、野原に寝っころがったりして、みんなは楽しんだのだが、ルーシーだけは、なにをしてもあまり楽しめなかった。そうこうしているうちに、つぎの雨降りの日がやってきた。

　その日は、午後になっても雨があがるようすがなかったので、かくれんぼをすることにした。スーザンが鬼になって、みんながかくれようとして、ぱっとちりぢりに逃げたとたん、ルーシーは、たんすがある部屋に入った。たんすのなかにかくれようと思ったわけではない。そんなことをしたら、みんなまた、あの嫌なことを話しはじめるに決まっている。でも、もう一度だけ、なかをのぞいてみたい、とルーシーは思った。というのも、このころには、ナルニアもフォーンも夢だったのではないかしらと自分でも思いはじめていたからだ。お屋敷はとても大きくて入り組んでいて、あちこちにかくれる場所があったから、たんすをのぞいてからでも、よそにかくれる時間はあると思ったのだ。しかし、たんすの前まで来ると外の廊下から足音が聞こえたものだから、どうしたってたんすに飛びこんで扉を閉めるよりほかなかった。けれども、扉をぴったりと閉めたりはしなかった。なにしろ、たとえ魔法のたんすでないにしろ、たんすから出てこられなくなったりしたら、いけないから。

　さて、聞こえてきた足音は、エドマンドの足音だった。エドマンドは、部屋に入ってきたとき、ちょうどルーシーがたんすのなかにかくれるのが見えたので、すぐに自分もなかに入ろうと思った——とくにいいかくれ場所だからというわけではなく、妹がでっちあげた国のことで、妹をからかってやろうと思ったのだ。エドマンドは、たんすの扉をあけた。いつものようにコートが何着もぶらさがっていて、虫よけ玉のにおいがして、真っ暗でしんとしていて、ルーシーの姿は見えない。

「ぼくのことを、つかまえに来たスーザンだと思っているんだな。それで、奥のほうでじっとしているんだろう。」

　エドマンドは、たんすのなかへ飛びこみ、扉をぴたりと閉めた。そんなことをするのはいけないことだと忘れてしまっていたのだ。それから、暗闇のなかで、手探りでルーシーをさがしはじめた。すぐに見つかると思っていたのだが、おどろいたことに、見つからない。扉をまたあけて、光を入れようと思ったのだが、扉も見つからない。

これはこまったことになったと思い、あちこち無我夢中で手探りをし、大声でさけんだ。

「ルーシー！　ルー！　どこにいるんだ？　ここにいるのはわかっているんだぞ。」

答えはなく、エドマンドは自分の声がへんなひびきかたをしていることに気づいた。たんすのなかの声ではなく、まるで広い場所での声みたいだった。それに思いがけず寒いことにも気づいた。と、そのとき、光が見えた。

「よかった。扉が自然にひらいたんだ。」

　エドマンドは、ルーシーのことはすっかり忘れて、光のほうへ行ってみた。たんすの扉がひらいたとばかり思っていたのだが、がらんとした部屋におり立つかわりに、こんもりした暗いモミの木々のかげから、森のまんなかのひらけた場所へと出てきたのだった。

　足の下にはサクサクとしたかわいた雪があって、木々の枝にはたっぷり雪がつもっていた。頭上には晴れた冬の朝に見られるような青白い空がひろがっている。まっすぐ前のほう、木々のあいだには、今まさにのぼろうとしている朝日が真っ赤に明るく輝いていた。なにもかもがしーんと静まりかえっていて、まるでこの世にエドマンドひとりっきりになってしまって、ほかに生き物がいないかのように思えた。木々にはコマドリ一羽、リス一匹いないし、森は見わたすかぎりどこまでもひろがっている。

エドマンドは、ぶるっと体をふるわせた。

そういえばルーシーをさがしていたんだっけ、とエドマンドは思い出した。それに、これまで「でっちあげの国」などとからかって、ルーシーになんてひどいことをしてしまったんだろうと思った。でっちあげどころではなかったのだ。ルーシーはどこかすぐ近くにいるにちがいないと思って、エドマンドはさけんだ。

「ルーシー！　ルーシー！　ぼくも来たよ――エドマンドだよ。」

返事はない。

「いろいろひどいこと言っちゃったから、怒っているんだ。」

自分が悪かったとみとめるのは嫌だったが、このふしぎな、寒くて静かな場所にひとりぼっちでいるのはもっと嫌だったから、エドマンドはまたさけんでみた。

「ねえ、ルーったら！　信じてあげなくてごめんよ。ずうっときみが正しかったんだってわかったよ。出てこいよ。仲直りしよう。」

やはり返事はない。

エドマンドはひとりごとを言った。

「女の子ってのは、これだからな。どっかでむくれていて、ゆるしてやるもんですかって思っているんだな。」

エドマンドは、もう一度あたりを見まわした。あまりぞっとしないところだからうちに帰ろうと心に決めかけたとき、森のずっと奥から、シャンシャンと鈴の音が聞こえてきた。耳をすましているうちに音はどんどん近づいてきて、ついに二頭のトナカイに引かれたそりが、すうっと目の前に現れた。

トナカイは、がっしりした小馬《シェトランドポニー》ほど大きく、その毛は雪でさえかなわないくらい真っ白だった。枝分かれしている角は金ぴかで、朝日を浴びて、まるで燃え立つようにかがやいていた。そりを引くために体につけたベルトは深紅の革でできていて、ずらりと鈴がついていた。そりに乗ったトナカイの御者は、太ったこびとで、立ちあがっても一メートルもなさそうだった。こびとは、ホッキョクグマの毛皮を身にまとい、てっぺんから長い金色のふさ飾りが一本ぶらさがっている赤い頭巾《ずきん》をかぶっていた。ひざをおおいかくすほど大きなひげは、ひざかけのかわりになっていた。しかし、こびとのうしろ、そりのまんなかにあるずっと高い席にすわっていたのは、まったく感じのちがう人だった。それは、エドマンドが見たことのあるどんな女性よりも背の高い、りっぱそうな女の人だった。その人は、やはり白い毛皮をのどもとまで身にまとい、右手にはすらりと長い金色の杖《つえ》を持ち、頭には金色の冠を戴《いただ》いていた。その顔は白く――単に青白いのではなく、その白さといったら、雪か、紙か、ケーキを飾る砂糖のようで、ただ、くちびるだけは真っ赤だった。高慢で冷たくきびしいところをのぞけば、美しい顔だった。

鈴をシャンシャンと鳴らし、こびとがむちをぴしりと打ち、そりが雪をはねあげながらエドマンドの前へすべりこんでくるようすは、なかなかの見ものだった。

「とまれ！」

女の人が言い、こびとがトナカイをあまりにするどく引っぱったので、トナカイたちはもう少しでしりもちをついてしまうところだった。それから、体を立て直し、轡《くつわ》をかんだり、ブルルと鼻息をたてたりして立っていた。凍りつくような空気のなかで鼻から吹き出される息は、まるで煙のように見えた。

「して、そのほうは、何者か？」女の人は、エドマンドをじろりと見て言った。

「ぼく、あの、な、名前はエドマンドです。」エドマンドはかなりどぎまぎして言った。にらまれてぎくりとしたのだ。

女の人は顔をしかめると、「それが女王への口のききかたか」と、さっきよりもきびしい顔つきで言った。

「失礼いたしました、女王陛下、存じあげなかったものですから。」

「ナルニアの女王を知らぬと？」女の人はさけんだ。「ふん！　今後は知らぬとは言わせぬ。だが、もう一度聞く――そのほうは、何者か？」

「ごめんなさい、陛下」と、エドマンド。「どういうことでしょうか。ぼくは学校に通っていて――えっと、通っていたんですが――今は夏休みなんです。」

第四章

ターキッシュ・ディライト

「だから、おまえは、なんなのだ？」と、女王はふたたびたずねた。「大きくなりすぎたこびとがひげを切り落としたのか？」

「いえ、陛下」と、エドマンド。「ひげなんか生えたことありません。ぼくは子どもです。」

「子ども！　アダムの息子ということか？」

エドマンドはなにも言わずにじっと立っていた。あんまりにも頭がこんがらがってしまって、質問の意味がわからなかったのだ。

「なんにせよ、ばかであることはわかった。はきはきと答えよ。さもなければ、怒るぞ。そちは人間か？」

「はい、陛下」と、エドマンド。

「どのようにして、わが領土に入りこんだ？」

「あのう、陛下、洋服だんすから来ました。」

「洋服だんす？　どういうことだ？」

「あの——扉をあけたら、ここに来てたんです、陛下。」

「は！」女王は声をあげると、エドマンドに、というよりは自分にむかって言った。

「扉とな。人間界からの扉とな！　そのようなことを聞いたことがある。これでなにもかもだいなしになるかもしれん。だが、こいつはひとりきり。しかも、わけなくあしらえそうだ。」そう言いながら女王は立ちあがって、エドマンドの顔を燃えるような目でじっと見つめた。同時に女王は、杖を高くかかげた。エドマンドは、女王がなにかおそろしいことをするのだとわかったが、どうにも動くことができない。まさにエドマンドがもうだめだとあきらめたそのとき、女王はふと考えを変えたように見えた。

「かわいそうな子ね。」女王は打って変わった声色で言った。「ずいぶんと寒そうだこと！　いらっしゃい。私《わたくし》といっしょに、そりにすわりなさい。マントをかけてあげますよ。お話ししましょう。」

　エドマンドは、この人のそばにすわりたいとは少しも思わなかったが、嫌だとも言えなかったので、そりにあがって女王の足もとにすわった。すると女王は、毛皮のマントでエドマンドの体をすっぽりくるんでくれた。

「なにか温かい飲み物はいかがかしら？」

「ええ、お願いします、陛下。」エドマンドは、歯をがちがちさせながら言った。

女王は包みのどこからか、銅でできているように見える、とても小さな瓶を取り出した。それから、腕をのばして瓶からほんの一滴、そりのわきの雪の上にしずくをたらした。一瞬、そのしずくが空中でダイヤのようにかがやくのを、エドマンドは見た。でも、それが雪にふれた瞬間、シューと音がして、たちのぼる湯気のなかに、宝石がちりばめられたコップが現れた。なかには、なにかがいっぱい入っている。こびとはさっとそれを取りあげ、おじぎをしてにやりと笑みを浮かべてエドマンドに手わたした。あまり気持ちのよい笑顔ではなかった。その温かい飲み物をすすりはじめると、エドマンドはずいぶんおちついた。今まで味わったことのないような、ふんわりと泡だった、とてもあまいもので、足先まで温まった。しばらくして、女王が言った。

「なにも食べないで、飲んでばかりというのもつまらないわね、アダムの息子さん。なにがいちばん食べたい？」

「ターキッシュ・ディライトをお願いします、陛下。」エドマンドは言った。（ターキッシュ・ディライトというのは、もちもちとした、トルコのあまい砂糖菓子である。）

女王がもう一滴、瓶から雪の上にたらすと、またたくまに、緑の絹のリボンがかかった丸い箱が出てきた。あけてみると、最高級のターキッシュ・ディライトがぎっしりつまっている。どれも、あまくて、なかまでふんわりして、エドマンドはこんなにおいしいものを食べたことがなかった。すっかり体が温まって、とても気持ちがよくなった。

　エドマンドが食べているあいだ、女王は質問をしつづけた。はじめのうちは、エドマンドは口にものが入っているのに話すのは失礼だということを忘れないようにしていたのだが、やがてそれも忘れて、ターキッシュ・ディライトをほおばれるだけほおばることに夢中になり、食べれば食べるほどもっと食べたくなり、どうして女王がそんなに根ほり葉ほりたずねるのか考えてみることすらしなかった。こうして、女王は聞き出したのだ――エドマンドには兄がひとりと、姉がひとりと、妹がひとりいること、そして妹はすでにナルニアに来てフォーンと出会ったこと、それから、四人の兄弟姉妹以外だれもナルニアのことを知らないことを。女王は、とくに兄弟姉妹が四人であることに興味をもったようで、なにかにつけては、そのことをたずねた。

「本当に、あなたたちは、ちょうど四人なのね？　アダムの息子がふたりに、イブの娘がふたり。ちょうどぴったり四人なのね？」

　そして、エドマンドは、ターキッシュ・ディライトを口いっぱいにほおばりながら、こう答えつづけたのだ。

「ええ、さっき言ったとおりです。」「陛下」と、つけ加えることも、エドマンドは忘れたのだが、女王はもはや気にしていないようだった。

ついにターキッシュ・ディライトを食べつくしてしまって、エドマンドはからっぽの箱をじっと見つめ、女王が「もっとほしい？」と、たずねてくれないかとねがった。たぶん女王はエドマンドの考えていることぐらいわかっていたのだろう。なにしろ、エドマンドは知らなかったが、これは魔法のターキッシュ・ディライトであることを女王はよく知っていたからだ。いったん食べてしまうと、もっともっとほしくなってとまらなくなり、食べていいとなったら、いつまでも食べつづけて最後には死んでしまうという魔法のお菓子なのだ。でも、女王は、それ以上くれなかった。そのかわり、こう言った。

「アダムの息子さん、私《わたくし》、あなたのお兄さんとお姉さんと妹さんにとても会ってみたいわ。ここに連れてきてくれないかしら？」

「いいですよ。」エドマンドは、からっぽの箱をまだ見つめながら言った。

「もどってきてくれたら――もちろん、みんなを連れてきたらということよ――そしたら、またターキッシュ・ディライトをあげましょう。今はだめ。この魔法は一度きりなの。私の館《やかた》だと、そうではないけれど。」

「これから、おたくにうかがうわけにはいかないんですか？」と、エドマンド。

　初めてそりに乗ったときは、どこか知らないところへ連れていかれて、もう二度ともどってこられないのではないかとこわかったのに、今は、こわかったことさえ忘れていた。

「すてきなところよ、私の館は」と、女王。「きっと気に入るわ。ターキッシュ・ディライトでいっぱいのお部屋がいくつもあるの。それに、私には子どもがいないから、すてきな男の子がほしいの。王子として育てて、私が死んだらナルニアの王さまにしたい。王子になったら、金の冠を頭に戴《いただ》いて、一日じゅうターキッシュ・ディライトが食べほうだいよ。あなたみたいにかしこくて、かっこいい子には会ったことがないわ。できたら、あなたに王子になってほしい。いつか、ほかのみんなを連れてきてくれたら、ね。」

「今じゃいけないのでしょうか。」

エドマンドの顔はすっかり赤くほてっていて、口も指もべとべとだった。女王がどう言おうと、かしこそうにも、かっこよさそうにも見えなかった。

「あら、今あなたを連れていってしまったら、あなたのお兄さんやお姉さんや妹さんに会えなくなってしまうじゃない。あなたのすてきなきょうだいにとっても会いたいの。あなたは王子さまになって——いつかは王さまになる。それはわかったわね。でも、宮廷人や貴族も必要でしょ。あなたのお兄さんを公爵にして、姉妹を公爵夫人にしてあげましょう。」

「あんなやつら、たいしたことありません。それに、どっちにしろ、いつだって連れてこられます。」

「ああ、でもいったん私の館に入ってしまうと、みんなのことを忘れてしまうかもしれない。あんまり楽しくて、わざわざ呼びに行くのが嫌になってしまうわ。だから、今は、自分の国にもどって、あらためてまたいらっしゃい、みんなといっしょにね、わかったわね。みんなといっしょじゃなきゃ、もどってきちゃだめですよ。」

「でも、自分の国への帰りかたがわかりません。」

エドマンドがべそをかくと、女王が答えた。

「かんたんよ。あの街灯が見える？」

女王は杖《つえ》をあげて指した。エドマンドはふりかえって、ルーシーがフォーンと出会ったまさにあの街灯を見た。

「あそこをこえて先へ行けば、人間界へもどれます。こんどは、反対側をごらんなさい。」女王は逆の方角を指した。「森の上のほうにふたつの小さな丘があるのがわかりますか。」

「あ、はい」と、エドマンド。

「私の館は、あのふたつの丘のあいだにあります。ですから、こんど来るときは、街灯を見つけてから、あのふたつの丘をさがして、森をまっすぐ歩いてくればいいのよ。でも忘れないで――みんなを連れてこなければだめですよ。ひとりで来たりしたら、とても怒りますからね。」

「がんばります。」

「それから、みんなには、私のことは話さなくてよろしい。私たちふたりだけの秘密にしておいたほうがおもしろいでしょう？　おどろかせるといいわ。ただ、だまってみんなをふたつの丘へ連れてきなさい。あなたみたいなかしこい子なら、なにか言いわけを考え出せるでしょう。みんなで私の館まで来たら、『ここにはだれが住んでいるのかなあ』とかなんとか言えばよろしい。それがいちばんです。妹さんがフォーンに会ったのなら、私についてへんな話を耳にしているかもしれないけれど——私のところへ来たくなくなるような嫌な話をね。フォーンっていうのは、あることないこと言いますからね、さて——」

「どうかお願いです」と、エドマンドがだしぬけに言った。「家に帰るとちゅうで食べるターキッシュ・ディライトをひとつだけもらえませんか？」

「だめ、だめ」と、女王は笑いだした。「つぎのときまで、がまんしなきゃ。」

そう話しながら女王はこびとにそりを出すように合図した。そりはみるみる遠ざかっていく。女王はエドマンドに手をふってさけんだ。

「またこんどね！　またこんど！　忘れないで。早くいらっしゃい。」

エドマンドが、まだそりのあとをじっと見つめていると、だれかが自分の名前を呼ぶのが聞こえた。あたりを見まわしてみると、森の別のところからルーシーがこちらへやってくる。

「ああ、エドマンド！　じゃあ、あなたもここに入ってきたのね！　すばらしいでしょ？　さあ、これで――」

「わかったよ。きみの言うとおりで、あれはやっぱり魔法のたんすだった。なんだったら、ごめんなさいって言ってもいいよ。でも、いったい今までどこにいたんだい？　あちこちさがしたのに。」

「あなたも来ているってわかってたら待ってたわよ。」

ルーシーはあまりにうれしくて興奮していたので、エドマンドの話しかたがぶっきらぼうで、その顔がひどく赤らんでおかしなことに気がつかなかった。

「あたしね、今フォーンのタムナスさんのところでお昼をいただいてたのよ。あのひと、元気だったわ。あたしを逃がしたのに、白の魔女からひどい目にあわされなかったんですって。だから、魔女には見つからなかったんじゃないか、心配したけどだいじょうぶじゃないかっておっしゃってたわ。」

「白の魔女だって？」と、エドマンド。「だれ、それ？」

「ものすごくひどい人」と、ルーシー。「自分のことをナルニアの女王って呼んでるんだけど、ちっとも本当の女王なんかじゃないの。フォーンたち、木の精ドリュアスたちも泉の精ナーイアスたちも、こびとたちも動物たちも——少なくともいい人たちはみんな——あの人を嫌っているわ。でも、あの人はみんなを石に変えたりして、なんでもひどいことができるの。しかも、魔法をかけてナルニアをずっと冬にしてしまったのよ——いつまでも冬なのにクリスマスは来ないの。トナカイに引かせたそりを乗りまわして、片手に杖を持って、頭には王冠を戴《いただ》いているの。」

　あまいものを食べすぎてとうに気分が悪くなっていたエドマンドは、たった今お友だちになった女の人が危険な魔女であるとわかって、ますます嫌な気分になった。それでも、やっぱり、あのターキッシュ・ディライトをなによりももう一度食べたくてしかたなかったのだ。

「そんな白の魔女の話、だれから聞いたんだい？」

「フォーンのタムナスさんよ。」

「フォーンの言うことなんか、あんまりあてにならないよ。」

　エドマンドは、ルーシーよりもフォーンのことを知っているかのように言った。

「そんなこと、だれが言ってるの？」

「みんな知っていることさ。だれにでも聞いてごらん。でも、こんな雪のなかにつっ立っているのはおもしろくないね。うちに帰ろう。」

「そうね、帰りましょう」と、ルーシー。「ああ、エドマンド。あなたも来てくれて、あたし、とってもうれしい。こんどこそ、みんな信じてくれなくっちゃね、ふたりも来たんだから。楽しくなるわあ！」

　でも、エドマンドはひそかに、自分にとってはルーシーほど楽しいことにはならないだろうと思っていた。みんなの前でルーシーが正しかったことを、みとめなければならないだろうし、みんなはきっとフォーンや動物たちの味方をするだろう。でも、エドマンドは、すでに半分以上、魔女の側についているのだ。みんなでナルニアのことを話すようになったら、なんと言ったらいいのだろう。どうやって秘密を守ったらいいのだろう。

　そうこうするうちに、ふたりはかなりの道のりを歩いてきていた。すると、ふっと、木々ではなくコートにかこまれていると感じ、つぎの瞬間、ふたりは、あのがらんとした部屋のたんすの外に立っていた。

「あら、ひどい顔色よ、エドマンド。気分でも悪いの？」

「だいじょうぶ」と、エドマンドは答えたが、だいじょうぶではなかった。とても気分が悪かったのだ。

「じゃあ、行きましょ。みんなを見つけましょ。話したいことが、いっぱい！　みんなでいっしょにこのなかに入ったら、どんなすばらしい冒険になるかしら。」

第五章

扉のこちらにもどってみると

まだかくれんぼがつづいていたので、エドマンドとルーシーがほかのふたりを見つけるまで少し時間がかかった。でも、ついにみんながそろったとき（それは、たまたま、鎧兜《よろいかぶと》のある細長い部屋でだった）、ルーシーがせきを切ったように話しはじめた。

「ピーター！　スーザン！　ほんとなのよ。エドマンドも見たんだから。たんすを通って行ける国がほんとにあるの。ふたりともなかに入ったの。エドマンドとあたし、森のなかでばったり会ったのよ。さあ、エドマンド、ふたりに話してよ。」

「どういうことだい、エド？」と、ピーターがたずねた。

さて、ここからこの物語のなかでいちばんいやらしいところにさしかかる。それまでエドマンドは気分が悪くて、むっとしていて、ルーシーが正しかったことにいらいらしていたが、実はどうしたらいいのかまだ心を決めかねていた。ピーターからいきなりこう問われて、エドマンドはむらむらっと、思いもよらない、ひきょうなことをしてしまった。ルーシーを裏切ることにしたのだ。

「話して、エド」と、スーザンが言った。

するとエドマンドは、ルーシーよりもずっと年上であるかのような、たいそうえらそうな顔つきをすると（本当は、たったひとつちがいなのだが）、ふっと鼻で笑って言った。

「うん、そう、ルーシーとぼくは遊んでたんだ――たんすのなかに国があるってお話がほんとだってことにしてね。もちろん、冗談さ。そんなの、ほんとにあるわけないもん。」

かわいそうなルーシーは、エドマンドをちらりと見ると、部屋から駆《か》けだしていってしまった。

どんどん嫌なやつになってきていたエドマンドは、してやったりと思って、すぐにこうつづけた。

「ほら、また出ていっちゃった。どうしたんだろうね？　ちっちゃい子はこれだからこまるよ、いつだって――」

ピーターがつかみかからんばかりにエドマンドのほうにむき直って怒鳴りつけた。

「おい、だまれ！　ルーがたんすについてわけのわからないことを言いはじめてから、おまえ、ずいぶんルーにひどいことを言いつづけてるけど、こんどは、ルーといっしょになってごっこ遊びをやったあげく、知らんぷりをするわけか。ただ、いじわるしてやろうと思ってそんなことしたんだろうな。」

　エドマンドは、たいそうめんくらって言った。

「だって、そんなのあるはずないじゃないか。」

「もちろん、あるはずないことさ」と、ピーター。「まさにそこが問題なんだ。ルーは、ぼくらとこの屋敷に来るまで完ぺきにふつうだった。ところが、ここに来てからというもの、頭がおかしくなっちまったか、さもなきゃ、とんでもないうそつきになっちまった。だけど、どっちにしろ、おまえがルーをからかって、はやしたてたかと思うと、こんどはいっしょになって調子を合わせるっていうのは、いったいどういうつもりなんだ？」

「だって――ぼくは――ぼくは――考えたんだけど――」

　エドマンドは、なんと言っていいのかわからなかった。

「おまえはなんにも考えちゃいないのさ」と、ピーター。「いじわるしただけだ。おまえはいつも小さい子にひどいことをする。これまでも学校でそうしていたのを見たぞ。」

「もうやめて」と、スーザン。「あなたたちふたりでけんかをはじめたってなんにもならないわ。ルーシーをさがしに行きましょう。」

　ずいぶんあちこちさがしてから、ようやく見つけたとき、ルーシーがずっと泣いていたのはだれの目にも明らかだった。それもしかたのないことだ。みんなでルーシーにいろいろと言葉をかけてあげたが、ルーシーはがんとして自分の話を曲げずに、こう言った。

「みんながどう思おうと関係ないわ。なんて言われようと気にしない。教授に告げ口したっていいし、お母さんに手紙を書いたっていいし、なんでも好きにすればいいわ。あたし、あそこでフォーンに会ったんだから——そのまま、あそこにいればよかった。みんな、ひどいわ、ひどい！」

おもしろくない晩だった。ルーシーは落ちこんでいるし、エドマンドはこんなはずじゃなかったと感じはじめていた。上のふたりは、ルーシーがおかしくなってしまったと本気で考えはじめていて、ルーシーが寝てからずいぶんあとに廊下でひそひそと立ち話をしたのだった。

その結果、つぎの日の朝、これは本当に教授になにもかもお話ししなければならないということになった。

「先生が、ルーが本当におかしくなったとお考えになるなら、お父さんに手紙を書いてくださるだろう」と、ピーターは言った。「もう、ぼくたちの手には負えないよ、これは。」

そこで、ピーターとスーザンは書斎へ行ってドアをノックした。教授は「お入り」

とおっしゃって、立ちあがって、ふたりに椅子をすすめ、なんでも話を聞こうとおっしゃってくださった。そして、教授は顔の前で両手の指先をぴたりと合わせてすわったまま、じっと耳をかたむけ、ふたりがすっかり話しおえるまでいっさい口をはさまなかった。そのあと、ずいぶん長いことだまっていらっしゃったが、やがて、せきばらいをなさると、ピーターもスーザンも夢にも思わなかったことをおっしゃった。

「どうして、妹さんの話が本当ではないとわかるのかね？」と、おたずねになったのだ。

「あの、でも――」スーザンが口をひらいたが、そこで言いよどんだ。教授のお顔のようすから、本気でそうおたずねになっていることがわかったからだ。そこで、スーザンは気をひきしめてこう言った。

「でも、エドマンドは、ふたりでごっこ遊びをしていただけだと言ったんです。」

「そこだね」と、教授。「そこはたしかにぜひともよく考えねばならん。慎重に考えることが必要だ。たとえば――こう質問してもよければ――きみたちのこれまでの経験から、弟さんと妹さんのどちらがより信頼できると思うかね？　つまり、どちらが、よりうそをつかないか？」

「そこがまさにへんなところなんです、先生」と、ピーター。「こんなことにならなければ、いつだってうそをつかないのはルーシーだったんですから。」

「きみはどう思うかな？」教授はスーザンのほうをむいた。

「あの」と、スーザン。「ふつうなら、私もピーターと同じように答えるところですが、こんなことはありえないと思うので――つまり、森だとか、フォーンだとか、そんなこと。」

「それはどうだろうか」と、教授。「いつも信頼できると思っていた人をうそつき呼ばわりすることは、とても深刻なことだ。実に深刻なことだよ。」

「うそをついてるわけじゃないと思うんです」と、スーザン。「どこかおかしくなってしまったんじゃないか、と。」

「頭がおかしくなったのかもしれないということかね？」教授は、たいへん冷静におっしゃった。「ああ、それなら心配はいらない。あの子のようすを見ても、話をしても、あの子の頭がまともなことは明らかだ。」

「でも、それなら――」と、スーザンは言いかけてだまった。大人の人がこんなふうに話をするなんて思ってもいなかったので、どう考えたらよいのかわからなくなったのだ。

「論理だよ！」教授は、なかばひとりごとのようにおっしゃった。「最近の学校じゃどうして論理を教えんのだろうかね？　可能性は三つしかない。妹さんがうそをついているか、おかしくなったか、本当のことを言っているか、だ。妹さんがうそを言わ

ないことは、きみたちが知っており、頭がちゃんとしていることは明らかだ。ということは、なにかほかの証拠が出てこないかぎり、本当のことを言っていると考えざるをえない。」

スーザンは教授の顔をまじまじと見つめ、その表情から冗談をおっしゃっているのではないと確信した。

「でも、どうしてそんなことがありえますか、先生？」と、ピーター。

「なぜ、そんなことを言う？」と、教授。

「だって、第一に」と、ピーター。「本当だとしたら、どうしてみんな、あの洋服だんすのところに行っても、そんな国なんか見つけられないんでしょう？　だって、みんなで見たときは、なにもなかったんですから。ルーシーだって、そのときは、ないってみとめました。」

「だから、どうだと言うんだね？」と、教授。

「だって、先生、もし本当なら、いつだってそれはそこにあるわけでしょう。」

「そうかね？」

教授のお言葉に、ピーターはなんと言っていいのかすっかりわからなくなった。

「でも、そんな時間はありませんでした」と、スーザン。「たとえそんなところがあったとしても、ルーシーがどこかに出かけてもどってくる時間なんてなかったんです。

私たちが部屋から出たその瞬間に、私たちを追いかけてきたんですから。一分もたっていませんでした。それなのに、あの子は何時間もいなかったふりをしたんです。」

「それこそまさに、妹さんの話が本当かもしれないと思わせるところだね」と、教授。「もしこの屋敷にどこか別世界に通じるドアがあるとしたら（それにいいかい、この屋敷はとてもふしぎな屋敷で、わしだってあまりよくは知らんのだよ）――そして、もし、かりにだよ、妹さんが別世界に行ったとしたら、その別世界にはまったく別の時間が流れていたとしてもおかしくはなかろう。だから、そこにどんなに長いこといても、こちらの時間にしたら、これっぽっちもかからんというわけだ。いっぽう、あの子の年で、そんな考えを自分で思いつける女の子はそうはおらんだろう。もしごっこ遊びをしていたのだとすれば、それなりに長い時間かくれてから、出てきてその話をしただろうよ。」

「でも、先生、本当に別世界がありうるとおっしゃるんですか」と、ピーター。「この家のどこにでも、ついそこの角を曲がったあたりに――みたいな感じで？」

「それが最も可能性が高い。」教授はそうおっしゃって、メガネをはずしてふきながら、ぶつぶつとひとりごとをつぶやいた。「まったく、最近の学校じゃ、なにを教えているのやら。」

「でも、どうしたらいいのでしょう？」

スーザンがたずねた。会話が要点からずれはじめているように感じたのだ。

教授はふっと顔をあげてきびしい表情でおっしゃった。

「おじょうさん。だれもまだ提案したことのない計画がひとつあって、それは試してみる価値がある。」

「なんでしょう？」と、スーザン。

「人のことはほっといてやりなさいということだ。」

ここで会話のおわりとなった。

この話し合いのあと、ルーシーはたいへんすごしやすくなった。ピーターは、エドマンドが妹にちょっかいを出さないように気をつけたし、ルーシーにしても、また、ほかのだれにしても、洋服だんすを話題にしたいとは全然思わなかった。ふれてはいけない話題となったわけだ。だから、しばらくのあいだ、冒険はすっかりおわってしまったように思えた。だが、そうではなかったのだ。

この教授のお屋敷は——教授ご自身さえよくご存じなかったわけだが——とても古いことで有名で、イングランドじゅうの人がやってきては見せてくれとたのむほどだった。ガイドブックにのっていて、歴史書にも書かれているような家だった。それもそのはずで、この家にまつわる話はいろいろあって、今こうして話しているよりもずっとふしぎな話さえあった。観光客の一行が到着して、家を見せてくれと言ってくると、教授はいつもおゆるしになり、家政婦のマクリーディさんが家のなかを案内して、絵であるとか、鎧兜《よろいかぶと》であるとか、図書室にあるめずらしい本であるとかの説明をした。マクリーディさんは子ども好きではなく、お客さんに家のなかを順々に説明している最中にじゃまされるのが嫌で、子どもたちが来たあくる日の朝に（ほかのたくさんの注意といっしょに）、「私がお客さんをご案内しているときは、じゃまをしないように気をつけてくださいよ」と、スーザンとピーターに念をおしていたのだった。

「まるで、ぼくたちのうちのだれかが、午前中の半分を棒にふって、見知らぬ大人たちのあとをついてまわりたがってるみたいな言いかたじゃないか！」エドマンドが文句を言い、ほかの三人も同感だった。これが、二度めの冒険のきっかけとなった。

　三人の話し合いから、幾日かたったある朝のことだ。ピーターとエドマンドが、鎧《よろい》兜《かぶと》をながめながら、これってばらばらにできるかなぁと考えていたとき、女の子たちがふたりのいる部屋に駈《か》けこんできて言ったのだ。

「気をつけて！　マクリーディさんと団体さんがやってくるわよ。」

「ダッシュだ！」ピーターが言うと、四人はその部屋のいちばんはしのドアから飛び出した。ところが、緑の部屋をぬけて図書室に入ったところで、だしぬけに前のほうから声が聞こえてきた。マクリーディさんが観光客の一行を連れて裏階段からあがってきたにちがいない。表階段からあがってくるとばかり思っていたのに、そうではなかったのだ。そのあとは、みんなの頭がおかしくなってしまったのか、それともマクリーディさんがみんなをつかまえようとしていたのか、あるいはなにかこのお屋敷の魔法が働きだしてみんなをナルニアへ送りこもうとしていたのか、わけのわからないことが起こった。どこに行ってもマクリーディさんがあとからついてくるではないか。ついにスーザンが言った。

「ああ、もう、あの観光客ったら！　ここよ——あの人たちが通りすぎるまで、洋服だんすの部屋に入りましょう。ここまでは追ってこないわ。」

ところが、部屋に入ったとたん、廊下から声が聞こえて——しかも、だれかがドアをがちゃがちゃいわせた。そして、ドアの取っ手がまわるのが見えたのだ。

「急げ！　ここしかない。」

ピーターは、たんすをパッとあけた。四人ともそのなかへどっとなだれこみ、はあはあ息を切らしながらその暗闇にすわった。ピーターは扉を閉じたが、ぴったりと閉じたりはしなかった。なぜなら、もちろん、ピーターは覚えていたのだ。きちんとしている人なら当然覚えているように、たんすのなかに自分を閉じこめたりしてはいけないってことをね。

第六章

森のなかへ

やがてスーザンが、言った。

「マクリーディさん、早くあの人たちを連れてってくれないかしら。すっごく、きゅうくつになってきたわ。」

「おまけに、樟脳《しょうのう》のにおいで鼻が曲がりそうだ」と、エドマンド。

「コートのポケットにいっぱいつまってるんじゃないかしら」と、スーザン。「虫がつかないように。」

「ぼくの背中を、なんかつっついてる」と、ピーター。

「それに、寒くない？」と、スーザン。

「そういえば寒いね。それに、ちぇっ、ぬれてるぞ。どうなってんだ、ここ？　ぼく、なんだかぬれてるとこにすわってる。どんどんびしょびしょになってくるよ。」

ピーターは、なんとか立ちあがろうとした。

「出ようよ。みんな、行っちゃったよ」と、エドマンド。

「あれーえ！」

急にスーザンが声をあげたので、どうしたのと、みんなはたずねた。

「私がもたれかかっているの、木よ」と、スーザン。「それに、見て！　明かりがついたわ——むこうのほうに。」

「うわっ、ほんとだ」と、ピーター。「それにごらんよ、あそこ——あそこも。あたり一面に木が生えてるよ。しかも、このぬれてるのは、雪だ。結局、ルーシーの言ってた森にみんなで来たってわけだ。」

もはや、まちがいっこなかった。四人の子どもたちは、目をぱちくりさせて、冬の日光を浴びて立っていたのだ。みんなのうしろにはコートがハンガーにかかっていて、目の前には雪をかぶった木々があった。

ピーターはすぐにルーシーのほうをふりかえった。

「ルーのこと、信じてあげられなくてごめん。謝るよ。仲直りの握手、してくれる？」

「もちろんよ。」ルーシーはピーターと握手してあげた。

「それで、これからどうする？」と、スーザン。

「どうって？　森を探検しに行くに決まってるじゃないか」と、ピーター。

「うわぁ！　すごく寒い。あのコート、着ない？」と、スーザンが足ぶみをして言った。

「ぼくたちのじゃないよ。」

ピーターが、どうかなあというふうに言った。

「だれも気にしないわよ」と、スーザン。「この家の外へ持ち出そうってわけでもないし。たんすの外に出すことにさえならないと思うわ。」

「それは思いつかなかったよ、スー」と、ピーター。「もちろん、言われてみれば、そのとおりだ。もとあったところにもどしておけば、だれもコートを失敬したなんて言えないもんね。それに、この国は、どこもかしこもたんすのなかにあるわけだし。」

みんなは直ちにスーザンのとても気のきいた計画を実行した。着てみると、コートはかなり大きすぎてかかとまであったので、コートというよりは王さまのローブのように見えた。でも、ずっと暖かくなったし、新しいかっこうが似合っていて、あたりのようすにもふさわしいように思えた。

「北極探検隊ごっこができるね」と、ルーシー。

「ごっこ遊びなんかしなくたって、十分わくわくするよ。」

ピーターは、みんなより先に森のほうへ進みながら言った。頭の上にはどんよりと黒っぽい雲がかかっていて、夜になる前にもっと雪が降りそうだった。

しばらくして、エドマンドが言いはじめた。

「ねえ、もっと左に行かなきゃだめなんじゃないかな、街灯のところへ行くんなら？」

　自分がこんな森に来たことなどないふりをしなければならないことを、エドマンドはすっかり忘れていたのだ。この言葉が口から出たとたん、エドマンドは今まで自分がうそをついていたことがばれてしまったと気がついた。みんな、立ちどまり、エドマンドをじろりと見た。ピーターが、ぴゅーと口笛を吹いた。

「やっぱりここに来てたんだな。あのとき、ルーはここでおまえに会ったと言ったのに――それなのに、おまえはルーがうそを言っていると言い張った。」

　その場が、しーんと静まりかえった。

「まったく、いじわるな人でなしの子どものなかでも、おまえは――」

　ピーターは肩をすくめて、それっきりもうなにも言わなかった。たしかに今さらなにを言ってもしかたなさそうだったので、すぐに四人は旅をつづけた。でもエドマンドは、こっそり心のなかでつぶやいていたのだった。

「このしかえしはみんなにしてやるからな。すましやがって、自分こそ正しいと思ってる気取り屋たちめ。」

　スーザンができるだけ話題を変えようとして言った。

「ところで、どこにむかってるの？」

「ルーに先に歩いてもらったほうがいいね」と、ピーター。「ルーにはその資格があるもの。どこへ連れていってくれる、ルー？」

「タムナスさんに会いに行くのはどうかな」と、ルーシー。「みんなにお話ししたすてきなフォーンだよ。」

みんなはこれに賛成して、元気よく足をあげて歩きだした。ルーシーは道案内がじょうずだった。最初は、道がわかるか不安だったのだが、こっちにあるへんてこなかっこうをした木とか、あっちにある切り株とか、つぎつぎに目印を思い出して、みんなを地面がでこぼこしているところまで連れていき、それから小さな谷を通って、ついにタムナスさんのほら穴のまさに入り口のところまで案内できたのだ。ところが、そこにはびっくりするようなひどいことが待ち受けていた。

入り口のドアは、ちょうつがいからねじりとられていて、こなごなにされていた。ほら穴のなかは暗くて寒く、じとっとして、数日間だれもいなかった場所のにおいがした。雪が戸口から吹きこんで床につもっており、なにか黒いものとまざっていたが、それは暖炉にあった木のもえかすや灰であることがわかった。どうやら、だれかが火のついたまきを部屋じゅうにけちらして、ふみ消したようだ。陶器が床の上でこなごなに割れており、フォーンのお父さんの絵はナイフでずたずたに切りきざまれていた。

「こりゃ、かなりめちゃめちゃだな」と、エドマンド。「こんなとこに来てもしょうがなかったね。」

「これはなんだろう？」と、ピーターがしゃがんで言った。

じゅうたんごとつらぬかれて床に釘《くぎ》づけにされていた紙に気がついたのだ。

「なにか書いてある？」スーザンがたずねた。

「うん。書いてあるみたいだ」と、ピーター。「でも、この暗さじゃ読めないな。外に出よう。」

みんなは外に出て、ピーターがつぎのような言葉を読みあげるのを取りかこんで聞いた。


この家に以前住んでいたフォーンのタムナスは逮捕され、ナルニア国女王にしてケア・パラベル城主、ローン諸島の女帝などなどであるジェイディス陛下への反逆罪のかどで、および上記陛下の敵をかくまい、スパイを保護し、人間と交友をもったかどで、裁判を待つものである。

署名　秘密警察長官モーグリム
女王陛下万歳！

子どもたちはたがいに顔を見あわせた。

「この国が好きになれるか自信ないわ」と、スーザンが言った。

「この女王ってのはだれだい、ルー？　女王のこと、なにか知らないかい？」と、ピーター。

「ほんとの女王じゃないの。」ルーシーは答えた。「ひどい魔女なの。白の魔女。みんな——森に住むみんな——嫌ってるわ。この国全体に魔法をかけて、ずっと冬にしてしまったのに、クリスマスは来ないの。」

「ねえ、これ以上先に行かないほうがいいんじゃない？」と、スーザン。「だって、ここはそれほど安全でもないみたいだし、あんまり楽しそうなところでもないでしょ。それにどんどん寒くなってきてるのに、食べる物、なんにももってこなかったじゃない？　おうちに帰ったほうがいいんじゃないかな？」

「ああ、でも、帰れないわ、帰れない。」ふいにルーシーが言った。「わからない？　帰れないわよ、こんなことになってしまったんだもの。かわいそうなタムナスさんがこんな目にあったのは、あたしのせいだもの。あたしを魔女からかくしてくれて、帰り道を教えてくれたの。女王の敵をかくまい、人間と交友をもったっていうのは、そのことよ。あたしたち、タムナスさんを助けに行かなくちゃ。」

「あたしたちに、なにができるって言うんだい！」と、エドマンド。「食べる物もなんにもないっていうのにさ！」

「だまれ——おい！」と、まだエドマンドにとても腹をたてていたピーターが言った。

「スーザンはどう思う？」

「気は進まないけど、ルーの言うとおりね」と、スーザン。「これ以上進みたくはないし、こんなところに来なければよかったと思うけれど、そのなんとかさんのために、なんとかしてあげなきゃいけないと思うわ。つまり、そのフォーンのために。」

「ぼくもそう思う」と、ピーター。「食料がないというのはたしかに問題で、いったんもどって食料置き場からなにかもってきたいとも思うけれど、一度この国を出てしまうと、またもどってこられるかわからないからね。先に進むしかないだろう。」

「そうね」と、ふたりの女の子が言った。

「そのかわいそうなひとがどこにとらわれているのか、わかりさえすればなあ！」と、ピーター。

　これからどうしたらいいだろうと、みんながまだ考えているときに、ルーシーが言った。

「見て！　コマドリだわ、あんなに胸が赤い。小鳥なんて、ここで見るの、初めてよ。そうだわ！　ナルニアじゃ、小鳥って話せるんじゃないかな！　あたしたちに、なにか言いたそうにしてるもの。」

　そこでルーシーは、コマドリにむかって言った。

「ねえ、教えてくれない？　フォーンのタムナスさんは、どこに連れていかれたの？」

　話しかけながら、ルーシーは小鳥に一歩近づいた。小鳥はパッと飛びのいたが、ただとなりの木の枝へうつっただけだった。そこにとまって、みんなが話していたことがわかっているかのように、しげしげとみんなを見つめている。四人の子どもたちは、思わず小鳥のほうに一、二歩、歩みよっていった。するとコマドリはまたつぎの木まで逃げて、もう一度みんなをじっと見つめるのだ。（こんなに赤い胸をして、明るい目をしたコマドリは、ほかにいないだろう。）

「ねえ、思うんだけど、」と、ルーシー。「この小鳥、あたしたちについてこいって言っているんじゃないかしら。」

「だと思う」と、スーザン。「ピーターはどう思う？」

「まあ、ついていってみようじゃないか」と、ピーターは答えた。

コマドリはすっかり事情をこころえているようだった。木から木へと、いつも子どもたちの数メートル先を進みながら、みんながついてこられるくらいのところで待っていてくれるのだ。こうして、小鳥は少しずつ丘の下のほうへみんなを連れていった。コマドリが枝にとまるたびに、雪がぱらぱらと枝から雨のように落ちた。やがて頭の上の雲が晴れて、冬の太陽が顔を出すと、あたり一面の雪がまぶしいほどきらきらかがやいた。こんなふうにして三十分ほど、女の子ふたりが先頭に立って歩いてきたところで、エドマンドがピーターに言った。

「ねえ、いつまでもえらそうにするのをやめて、ぼくに口をきいてくれるんなら、いいこと教えてやってもいいよ。」

「なんだい？」ピーターはたずねた。

「しー！　大きな声を出すなよ」と、エドマンド。「女の子たちをこわがらせちゃいけないからね。だけど、ぼくたちが今してることがどういうことか、わかってるの？」

「どういうことだ？」ピーターは、ささやき声にまで声を落として言った。

「ぼくらがあとをついていっているあの鳥のこと、ぼくらはなんにも知らないだろ。あの鳥がどっちの味方か、どうやったらわかるんだい？　罠《わな》におびきよせようとしているのかもしれないじゃないか？」

「ばか言うなよ。だって――コマドリっていうのは、ほら、どんなお話でも、いつだっていい鳥だよ。コマドリが悪いほうの味方ってことはないよ。」

「じゃあ、正しいほうってどっちだい？　フォーンが正しくて、女王が（そう、女王じゃなくて魔女だって話もあるけど）いい女王じゃなくて悪い魔女だってどうしてわかるんだい？　どっちがどっちか、ぼくたちには、なんにもわかっちゃいないんだ。」

「フォーンは、ルーシーを助けてくれた。」

「フォーンがそう言ってるだけだろ。だけど、それがほんとだってどうしてわかるんだい？　それにさ、ここから家へどうやって帰ればいいか、だれか知っている人はいるのかい？」

「しまった！」と、ピーター。「そいつは思いつかなかった。」

「そのうえ、夕ごはんにもありつけないだろうね」と、エドマンドは言った。

第七章

ビーバー夫妻との一日

男の子たちがうしろのほうでこそこそ言いあっていると、女の子たちが突然「あっ！」と、さけんで立ちどまった。

「コマドリが！」ルーシーがさけんだ。「コマドリが。飛んでいっちゃった。」

そうなのだ――飛んでいって見えなくなってしまったのだ。

「さあて、これからどうする？」エドマンドは「言わんこっちゃない」と言わんばかりにピーターをちらりと見た。

「しっ！　見て！」と、スーザン。

「なに？」と、ピーター。

「あそこ。なにかが木のかげで動いたわ。左のほうへ。」

みんな、目を皿のようにしてじっと見ながら、おちつかない気持ちになっていた。

「ほら、また動いた。」スーザンがすぐに言った。

「さっきも見えたよ」と、ピーター。「まだ、あそこにいるね。あの大きな木のうしろにかくれてる。」

「なんなの？」ルーシーが、びくついた声にならないよう、とてもがんばりながらたずねた。

「なんだかわからないけど、」と、ピーター。「ぼくらをさけている。見られたくないんだ。」

「おうちに帰りましょう。」スーザンがそう言ったとたん、みんな心のなかで、あっと思った。先ほどの章のおわりでエドマンドがピーターにささやいたことに気づいたのだ。そう、みんなは道にまよってしまったのだ。

「あれ、なんなのかな？」ルーシーがたずねた。

「そうね――動物みたいね。」そう答えたスーザンが、こんどはさけんだ。「見て！　見て！　早く！　あそこよ。」

　こんどこそはっきり見えた。毛でおおわれ、長いひげを生やした顔が、木のかげからこちらをのぞき見ていたのだ。でもこんどは、すぐに引っこまなかった。それどころか、その動物は、ちょうど人間が静かにと合図をするときのように、前足の指を一本、口にあてたのだ。それから、ひょいと顔はまた消えてしまった。子どもたちはみんな息をのんで立ちつくした。

　しばらくすると、この見なれぬ動物は木のかげから出てきて、だれかに見られてやしないかというように、きょろきょろとあたりを見まわしてから、「しー」と言って、自分が立っている森の奥深いところへついてくるように手まねきすると、もう一度消えた。

「わかった」と、ピーター。「ビーバーだ。しっぽが見えた。」

「ついてこいって言ってるわよ」と、スーザン。「しかも、音をたてるなって。」

「そうだね」と、ピーター。「問題は、ぼくらがそうすべきかどうかということだ。どう思う、ルー？」

「いいビーバーだと思う」と、ルーシー。

「へえ、どうしてわかる？」と、エドマンド。

「ついていってみない？」と、スーザン。「だって、こんなところにつっ立ってたって、しょうがないし、私、お夕飯が食べたい。」

　このときビーバーが、また木のかげからひょっこり顔を出して、一所懸命手まねきした。

「ようし」と、ピーター。「行ってみよう。みんな、はなれるな。かりに敵だとわかっても、相手はビーバー一匹だから、ぼくら四人なら、だいじょうぶなはずだ。」

　こうして子どもたちはみんな一団となって木のところまで行って、その裏にまわりこんでみると、そこにはちゃんとビーバーがいた。でも、相変わらずあとずさりしながら、しわがれたかすれ声でささやくのだ。

「もっと奥まで、ずっと奥までどうぞ。こっちです。見通しがきくところは安全ではありませんからな！」

　こうして、ビーバーがみんなを連れていってくれたところは、四本の木がくっついて生え、枝がかさなりあって暗がりとなり、雪が入りこめずに茶色の地面と松の落ち葉が足もとに見えているところだった。そこまで来ると、ようやくビーバーはみんなに話しはじめた。

「あなたがたは、アダムの息子さんと、イブの娘さんですか？」

「そういうことになると思います」と、ピーター。

「しっ、しー！」と、ビーバー。「そんなに大きな声を出さないでください。ここだって、安全ではないんです。」

「なにをそんなにこわがっているんですか」と、ピーター。「ここには、ぼくたちしかいませんよ。」

「木がいます」と、ビーバー。「連中は、いつも聞き耳をたてている。たいていはこっちの味方なんですが、われわれのことをあの人に通報する木もいるんです。あの人って、だれだかおわかりですよね。」ビーバーは話しながら何度かうなずいた。

「こっちの味方、なんて言っても」と、エドマンド。「きみがぼくらの味方かどうか、どうやってわかるんだい？」

「無礼な態度を取るつもりではありませんが、ビーバーさん、」ピーターがつけ加えた。「でも、おわかりでしょうが、おたがい、知らないわけですから。」

「ごもっとも、ごもっとも。これが、私があなたがたの味方だという印です。」

ビーバーは小さな白いものをかかげて、みんなに見せた。みんなは、おどろいてそれを見つめたが、ふいにルーシーが言った。

「あっ、それ、そうよ、あたしのハンカチ――かわいそうなタムナスさんにあげたの。」

「そうです。かわいそうなやつです。いよいよ逮捕されるっていう前に、感づいたんですね。これを私にわたしてくれました。自分の身になにか起きたら、私があなたがたにここでお会いして、お連れするように、と。行き先は――」

ここでビーバーの声はすうっと聞こえなくなり、ビーバーはとても謎めいたようすで、一、二度うなずいた。それから、子どもたちに自分のまわりにできるかぎり近づくように合図し――みんなの顔が、ビーバーのひげでこちょこちょとくすぐられるほど近くに寄ったところで――低い声でこう言いそえた。

「アスランが動きだしたという話です。ひょっとすると、もう上陸なさったかもしれない。」

そのとき、とても奇妙なことが起こった。子どもたちのだれも、アスランがだれかなんて、みなさんと同じぐらい知らなかったのだが、ビーバーがこの言葉を発したとたん、四人には、なにかががらりと変わる感じがしたのだ。ひょっとすると、みなさんも、夢を見ているとき、意味のわからない言葉を聞いて、夢のなかではなんだかとても大切な意味があるように感じたことがあるだろう。ひどくこわい感じがして夢全体が悪夢になったり、あるいは一生忘れられないすばらしい夢になってしまうほど、言いようもないくらいすてきな感じがして、もう一度その夢のなかにもどりたいなんて思ったりしたこともきっとあるだろう。まさに今、子どもたちはそんな感じになったのだ。アスランの名前を聞いたとたん、子どもたちのだれもが、胸がどきっとするのを感じた。エドマンドは、ぞくぞくっと、わけのわからないおそれを感じた。ピーターは、急に勇気がわいてきて冒険がしたくなった。スーザンは、なにかおいしそうなにおいか、楽しい音楽の一節が自分のそばを流れたように感じた。そしてルーシーは、朝、目をさましてみると、今日からずっとお休みなんだとか、夏がはじまるんだとか気がついたときのようにうれしく感じたのだ。

「それで、タムナスさんは？」と、ルーシー。「どこにいるの？」

「しっ、しー」と、ビーバー。「ここではだめです。みなさんを、ちゃんとお話しできる場所にご案内して、お食事もお出しします。」

こうなると、エドマンドは別として、ビーバーを信頼することをためらう人はいなかった。エドマンドもだが、みんな「お食事」という言葉を聞いて、とてもうれしかったのだ。

そこでみんなは、この新しいお友だちのあとを急いでついていった。ビーバーは先頭に立って、おどろくほどの早足で、森のうっそうとしたところばかりを通っていく。一時間以上も進んだころだろうか。みんな、おなかがぺこぺこになってつかれはてたそのとき、ふいに目の前の木立がまばらになって、急な下り坂が現れた。一分後、みんなはひらけた空の下に出ており（まだ太陽は照っていた）、すばらしい景色を見おろしていた。

みんなが立っていたのは、せまくて急な谷の入り口だった。谷底にはかなり大きな川があり、凍っていなければ流れていたはずだった。みんなの足もとには、この川をせきとめるダムがあった。それを見たとき、みんな、ビーバーはダムをつくるものだとふと思い出して、このビーバーさんがつくったのだと思いあたった。ビーバーさんの顔にちょっと謙遜《けんそん》するような表情が浮かんでいることにも気がついた。自分がつくった庭にお客さんが来てくれたときとか、自分が書いた物語をだれかに読んでもらっているときに人が浮かべるような表情だ。だから、スーザンが「なんてすてきなダムでしょう！」と言ったのは、ごくふつうの礼儀からだったのだが、ビーバーさんは、こんどは「しー」とは言わず、「いやあ、なに、たいしたことありません！　それにまだ、すっかり完成してはいないんですよ」と言った。

　ダムの上流には深い池があるはずだったが、今はもちろん一面に深緑色の氷が平らに張っていた。ダムの下流は、ずっと低くなっていて、やはり凍っていたが、平らではなく、寒気がやってきたまさにその瞬間の形のまま、泡だち波打って凍っていた。また、ダムから水がしたたり落ちたり、ほとばしり出ていたりしたところは、きらきらとかがやくつららが連なって壁のようになっており、まるでダム一面が、まっさらの砂糖でできた花や花輪や花飾りでおおわれているようだった。そのまんなかに、ダムの上に少しつき出すようにして、巨大なハチの巣のような形をしたへんてこな小さな家が建っていた。屋根の穴からは煙がたちのぼっていたので、それを見ると（とりわけ、おなかがすいていると）料理をしているのだなと思って、ますますおなかがすいてしまうのだった。

　みんなが気づいたのはそれぐらいだったが、エドマンドは別のことに気がついた。この川は少し下流のほうで、よその小さな谷間から流れ出た小川と合流していたのだ。その谷を見あげると、ふたつの小さな丘が見えた。それはあのとき――街灯のところで白の魔女とさよならしたとき――に、魔女が指して教えてくれたふたつの丘にほぼまちがいない。すると、ここからほんの一キロ半ぐらいのところにある、あの丘と丘のあいだには魔女の館《やかた》があるにちがいないと、エドマンドは考えた。とたんに、ターキッシュ・ディライトのことが思い出され、それから、王さまにしてあげると言われたことが思い出された。（「ぼくが王さまになったら、ピーターはどんな顔をするかな」と、エドマンドは思った。）そして、おそろしいことをいろいろ思いえがいたのだった。

「着きましたよ」と、ビーバーさん。「うちのかみさんが、どうやらみなさんをお迎えする準備をしているみたいですな。ついてきてください。でも、気をつけて、すべらないように。」

ダムの上は歩けるほどひろかったのだが、氷でおおわれていたので、人間にとってはあまり歩きやすいところではなかった。それに、ダムの上と同じ高さで凍った池が一方にはひろがっていたが、反対側は、ずっと下の川まで落ちこんでいて危険だった。このダムの上を、みんなはビーバーさんについて一列になって川のまんなかまで行った。川をずうっと見あげることも、ずうっと見おろすこともできる、その場所に、家の玄関があった。

「ただいま。見つけたよ。こちらがアダムの息子さんとイブの娘さんだ。」

そう言ってなかへ入っていくビーバーさんにつづいて、みんな、なかへ入った。

すると、まずルーシーは、カタカタという音に気がついた。そこで目にした最初のものは、やさしそうなビーバーのおばさんがすみのほうにすわって、糸を口にくわえて、いそがしくミシンをかけている姿だった。カタカタという音は、ミシンの音だったのだ。ビーバーのおばさんは、子どもたちが入ってくると、すぐに手をとめて立ちあがった。

「とうとう来てくれましたね！」

おばさんは、しわだらけの年老いた両の前足をさし出しながら言った。

「ようやっと！　こんな日まで生きていられるなんてねえ！　さあさ、じゃがいもがゆであがって、やかんがピーと鳴っていますよ。あなた、お魚をとってきてくださいな。」

「とってくるともさ。」

ビーバーさんがそう答えて家から出ていくと、ピーターがついていった。ふたりは、深い池に張られた氷の上を通って、毎日斧《おの》で切りあけておいてある氷の穴のところまで行った。ふたりは、バケツを持っていった。ビーバーさんは、静かに穴のすぐそばにすわって、冷えこむことなど気にならないようすで、じっと目をこらして穴のなかをのぞいた。それから、いきなり前足を穴のなかにつっこむと、「だるまさんがころんだ」と言うより速く、みごとなマスをさっとつかまえたのだ。それを何度もくりかえして、やがて大漁となった。

いっぽう、スーザンとルーシーは、ビーバー夫人を手伝って、やかんにお水を入れたり、テーブルに食器をならべたり、パンを切ったり、オーブンにお皿を入れてあたためたり、家の片すみにある樽《たる》からビーバーさんのために大ジョッキにビールをついだり、フライパンを火にかけて油をあたためたりした。ルーシーは、ビーバーさんのおうちは、タムナスさんのほら穴とは全然ちがうけれど、とても気持ちのいい小さなおうちだと思った。ここには本も絵もなく、ベッドのかわりに、船みたいに寝棚が壁にくっついていた。天井からは、ハムや、たばねた玉ねぎがぶらさがっており、壁にかかっていたのは、ゴム長ぐつ、レインコート、斧、大ばさみ、スコップ、こて、しっくいを運ぶ道具、釣りざお、魚捕りの網、大きな袋などだった。テーブルクロスはとても清潔だったが、かなりごわごわしていた。

ちょうどフライパンがいい感じにジュージューいいはじめたときに、ピーターとビーバーさんが魚を持って入ってきた。どれもビーバーさんが外できれいにさばいたものばかりだ。とりたての魚を揚げるにおいがどんなにおいしそうだったか、おなかをすかせた子どもたちがどんなに待ちきれなかったか、そしてビーバーさんが「さあ、もうすぐできますよ」と言うまでに、みんなどんなにおなかがぺこぺこになってしまったか、みなさんもおわかりだろう。スーザンが、ゆでたじゃがいものお湯を捨て、水気を切ったおいもを空っぽのなべにもどして調理用のコンロのわきに置き、水分を飛ばしてほくほくにしているあいだ、ルーシーはビーバー夫人を手伝って魚のフライをお皿に盛りつけたから、数分もしないうちに、みんなは腰かけを引きよせ（ビーバーさんのおうちにあるのは、暖炉のそばにあるビーバー夫人用の特別なゆり椅子以外はみんな三本脚の腰かけだった）、ごちそうにありついたのだった。子どもたちにはクリームのようにこってりしたミルクの入ったコップがあり（ビーバーさんはずっとビールだった）、濃い黄色のバターのとても大きなかたまりがテーブルのまんなかにドンとあって、そこからみんな好きなだけバターを取って、じゃがいもにつけて食べたのだ。子どもたちは思った――つい三十分前にとれたばかりの活《い》きのいい川魚を、三十秒前にフライパンからお皿にうつしたばかりの揚げたてでいただくほど、おいしいものはない、と。まったくそのとおりだ。お魚を食べおえると、ビーバー夫人が、思いがけず、オーブンから大きなマーマレード・ロールを持ってきてくれた。できたてで湯気を立てているほどあつあつで、すばらしくねっとりしたデザートだった。そのときにやかんを火にかけてくれたから、みんながマーマレード・ロールを食べおわるころには、お茶をいれる用意ができていた。こうして、それぞれ、お茶のカップを手に、自分の腰かけをうしろへさげて、壁にもたれかかって、全員が大満足の深いため息をついたのだった。

「さあて。」ビーバーさんは空になったビールのジョッキを押しやり、お茶のカップを引きよせながら言った。「パイプに火をつけて一服させてもらうよ――さて、これで本題に入れるわい。また雪が降ってきたな。」ビーバーさんは、窓を見あげながらつけ加えた。「こりゃ好都合だ。これならたずねてくるお客もいなかろうて。それに、だれかにあとをつけられていたとしても、足あとが消えるからな。」

第八章

食事のあとで起こったこと

「さあ」と、ルーシー。「タムナスさんになにが起こったのかお話ししてくださいな。」

ビーバーさんは首をふりながら言った。

「ああ、ひどい話だ。まったくもって、ひどいこった。警察に連行されたんだな、まちがいない。それを見ていた小鳥が教えてくれたよ。」

「でも、どこに連れていかれたの？」ルーシーがたずねた。

「そうさな。連中は、最後に目撃されたとき、北を目指していた。それがどういうことか、だれにだってわかる。」

「わからないわ、私たちには」と、スーザン。

ビーバーさんは、かなり気がめいったようすで首をふった。

「残念ながら、魔女の館に連れていかれたということさ。」

「タムナスさんをどうしようというのかしら、ビーバーさん？」ルーシーはあえいだ。

「そうさな。たしかなことはわからんが、あそこに連れこまれたら、まず出てこられん。石像だ。あちらこちら、石像だらけだそうだ——中庭から、階段から、広間からぜんぶ。みんな変えられちまったんだ——」ビーバーさんは言いよどみ、ぶるっと身ぶるいした。「——石に。」

「でも、ビーバーさん」と、ルーシー。「なんとかできないの？——いいえ、なんとしても助けなくっちゃいけないわ。そんなのあんまりだし、みんなあたしのせいなんだもの。」

「そりゃあ、助けたいのはやまやまだけど」と、ビーバー夫人が言った。「でも、魔女の意に反してあの館《やかた》にしのびこんだら、生きて出てはこられないのよ。」

「なにか作戦を立てられないんでしょうか？」と、ピーターが言った。「たとえば、なにかに変装するとか、なにかに化けて——物売りでもなんでも——魔女がいなくなるまで見張って——さもなきゃ、ええい、なにか方法があるはずだ。フォーンは危険を冒して妹を助けてくれたんです、ビーバーさん。そのフォーンに——そんな——そんなことされるのをだまって見ているわけにはいきません。」

「しかたないよ、アダムの息子さん」と、ビーバーさん。「ほかのひとならともかく、あなたにできることはない。だが、今やアスランが動きだしている——」

「そう、そう！アスランのことを教えてください。」いろいろな声がいっぺんに言った。というのも、もう一度あのふしぎな感覚が——春の最初の訪れのような、吉報のような感じが——したからだ。

「アスランってだれですか？」スーザンがたずねた。

「アスランがだれかって？」と、ビーバーさん。「えっ、知らないの？　王さまですよ。森全体を支配している。でも、あんまり森には、いらっしゃらないけどね。私の代も、私の父の代にも、森には、いらっしゃらなかった。でも、おもどりになったという知らせが入ったんです。今この瞬間にナルニアにいらっしゃる。ちゃんと白の女王をやっつけてくださるだろう。タムナスさんを救うのは、あなたがたではなく、アスランですよ。」

「アスランは石にはされないんだ？」と、エドマンドが言った。

「まったくもって、アダムの息子さんよ、なんてことを言いだすやら！」ビーバーさんは大笑いして答えた。「あのかたを石にするですって？　あいつにできることといったら、二本の足で立ってアスランの顔を見すえるくらいが関の山。いや、それすらできないんじゃないかな。いえいえ。アスランはこのあたりの古いわらべ歌にあるように、すべてをもとどおりにもどしてくださいますよ。

　アスラン来《きた》れば、明日《あす》が来る
　咆哮《ほうこう》一声、悲嘆《ひたん》一掃

牙《きば》がきらめきゃ　冬切られ
たてがみ振れば　春立ちぬ

アスランに会えばわかりますよ。」

「でも、アスランに会えるのかしら?」スーザンが聞いた。

「だって、イブの娘さん、そのためにみなさんにここに来ていただいたんじゃありませんか。アスランに会えるところにみなさんをお連れするのが私の役目なのです」と、ビーバーさんは言った。

「アー——アスランって、人間?」ルーシーがたずねた。

「アスランが人間だって! とんでもない。」ビーバーさんは、きっぱりと言った。「森の王であり、偉大なる海のかなたの皇帝のご子息です。百獣の王って聞いたこと、ありませんか? アスランは、ライオンです——りっぱな、偉大なライオン。」

「まあ!」と、スーザン。「人間かと思ってた。あの——あぶなくないかしら? ライオンに会うのって、ちょっとびくびくものだけど。」

「そりゃあそうですよ、あなた。」ビーバー夫人が言った。「アスランの前に出て、ひざががくがくしないような人がいたら、ものすごく勇敢か、単なるばかですよ。」

「じゃあ、あぶないの?」と、ルーシー。

「あぶないかって？」と、ビーバーさん。「今、かみさんが言ったこと、聞いてなかったのかね？　だれがあぶなくないなんて言ったね？　もちろんあぶないさ。でも、よいかたなんだ。王さまだからね。」

「会ってみたいな」と、ピーター。「いざってときになって、こわくなっちゃうかもしれないけど。」

「そうだとも、アダムの息子さん！」ビーバーさんが、どすんとテーブルを前足でたたいたので、コップやお皿ががちゃがちゃと鳴った。「会ってもらおう。できれば明日、あなたがたは石舞台でアスランに会うようにとの伝言が入っているんだ。」

「それ、どこなの？」と、ルーシー。

「私が教えてあげるさ。ここからずっと川をくだっていったところだ。連れていってあげよう！」

「でも、そのあいだ、かわいそうなタムナスさんはどうなるの？」と、ルーシー。

「あのひとをできるだけ早く助けるためにも、アスランに会わなくちゃならん。いったんアスランといっしょになったら、行動開始だ。もちろん、あなたがたもいっしょじゃなきゃだめですよ。それも、別の古い歌にあるからね。

　　アダムの肉とアダムの骨が

ケア・パラベルの玉座についたとき
それが悪《あ》しき時代のおわるとき

だから、アスランが現れ、あなたがたも来た今となっては、いよいよ悪しき時代のおわりが近いってことなんですよ。だれも思い出せないくらい昔の話だけど、以前このあたりにアスランがいたそうです。しかし、あなたがた人間の仲間はだれひとりとして来たことはなかった。」

「そこがわからないんです、ビーバーさん」と、ピーター。「だって、魔女だって人間なんじゃないんですか？」

「私らにはそう信じさせたがっているがね」と、ビーバーさん。「そうして、それを根拠に女王だと主張している。でも、イブの娘なんかじゃない。あいつは、あなたがたの父祖アダムの――（ここでビーバーさんはおじぎをした）――あなたがたの父祖アダムの最初の妻リリスと呼ばれる女の血筋で、このリリスというのは幽鬼《ジン》の仲間だった。あいつの母は幽鬼で、父は巨人なんです。いやいや、あの魔女には、本当の人間の血なんか一滴だってありゃしない。」

「だから、骨の髄まで悪いやつなんですよね、あなた」と、ビーバー夫人。

「そうだよ、おまえ。」夫のビーバーさんは答えた。「人間には、いい人と悪い人と両方いる。（あなたがたのことを言っているんではありませんよ。）でも、人間のふりをしながら人間でないものには、悪いやつしかいないんです。」

「いいこびとなら知っていますけどね」と、ビーバー夫人。

「そりゃあ、私だって知っている」と、夫のビーバーさんが言った。「でもごくわずかだね。しかも、そういうのにかぎって、人間に似ていない。だけど、たいていのところ、いいかね、人間になりかけていてまだなっていないものとか、かつては人間だったけれど今はちがうとか、人間のはずなのにそうじゃないとか、そういうものに出会ったら、相手から目をはなさず、手《て》斧《おの》に手をのばさなきゃならん。まあ、そういうわけで、魔女はいつもナルニアに人間はいないかと見張っているんだ。もう何年も、あなたがたのことを警戒している。あなたがたが四人いると知ったら、いよいよもってあぶなくなるね、あの魔女は。」

「どうしてですか？」ピーターがたずねた。

「もうひとつ予言があってね」と、ビーバーさん。「ずっと遠く、ケア・パラベル――というのは、この川が流れこんでいる海岸にある城で、本当なら国全体の首都のはずなんだが――そのケア・パラベルに四つの玉座があって、アダムの息子ふたりとイブの娘ふたりがその四つの玉座にすわれば、白の魔女の支配がおわるのみならず、魔女の命もおわると、はるか昔のナルニアの言い伝えに言われているんだ。だから、ここに来るとちゅうも、ああやって気をつけなければならなかったんだよ。なにしろ、魔女があなたがた四人に気がつけば、あなたがたの命は、このひげがゆれるよりかんたんに、あっさりと消えちまうからね！」

子どもたちは一所懸命ビーバーさんのお話を聞いていたので、長いこと、そのほかのことに気がつかなかった。けれども、ビーバーさんが話しおえて、みんながしんとしていたとき、突然ルーシーが言った。

「ねえ――エドマンドはどこ？」

おそろしい沈黙が流れた。それから、みんなが口々にたずねあった。

「最後にエドを見たのはだれ？　いつからいない？　表にいない？」

それから、みんなはドアのところに駈《か》けていって、外をのぞいた。雪がどっさり、しんしんと降っていて、緑色だった池の氷は厚い雪の白い毛布をかぶって見えなくなってしまい、ダムのまんなかに建っている小さな家からは、どちらの岸もあまりよく見えなかった。みんなは外へ出た。やわらかい新雪のなかにくるぶしまでずぼっと足をつっこみながら、家のまわりを四方八方さがした。

「エドマンド！　エドマンド！」

みんな、声がかれるまでさけんだが、みんなの声は、静かに降りつづける雪に包まれて消えてしまうように思え、こだまひとつ返ってこなかった。

とうとうみんなが絶望して帰ってきたときに、スーザンが言った。

「なんておそろしいこと！　ああ、こんなところ、来なきゃよかった。」

「どうしたらいいんだろう、ビーバーさん？」ピーターが言った。

「どうしたら？」もう雪ぐつをはきにかかっていたビーバーさんは言った。「どうしたらだって？　すぐに出かけなきゃ。一刻もむだにできない！」

「四つに分かれてさがしましょう」と、ピーター。「別々の方角に行くんです。エドを見つけたら、すぐにここにもどってきて――」

「分かれてさがすって、アダムの息子さん？」と、ビーバーさん。「なんのために？」

「エドマンドをさがすために決まってますよ！」

「さがす必要はないよ」と、ビーバーさん。

「どういうこと？」と、スーザン。「まだ遠くには行っていないわ。見つけなきゃ。さがす必要はないってどういうことですか？」

「さがす必要がないのは、」と、ビーバーさん。「どこに行ったか、わかっているからさ！」

みんなはびっくりして目をみはった。

「わからないかね？」と、ビーバーさん。「白の魔女のところに行ったんだよ。みんなを裏切ったんだ。」

「え、そんな——そんな、まさか！」と、スーザン。「そんなこと、エドがするはずないわ。」

「するはずがない？」

ビーバーさんが、三人の子どもたちをじろりときびしく見ながら言ったので、みんなが言おうとしていたことは口に出る前に消えてしまった。みんなは、ふいにわかったのだ。それこそまさにエドマンドがしたことなのだ、と。

「でも、道がわかるでしょうか？」と、ピーター。

「あの子は前にこの国に来たことがあるかね？」ビーバーさんがたずねた。「この国でひとりきりになったことは？」

「あるわ」と、ルーシーがささやくように言った。「ある。」

「そのとき、なにをしたとか、だれと会ったとか、話さなかったかい？」

「えっと、ううぅん、話さなかった」と、ルーシー。

「では、よく聞きたまえ」と、ビーバーさん。「あの子はすでに白の魔女と出会い、その味方となって、魔女のすみかを教えてもらったんだ。今まで言いたくはなかったんだが（あの子はあなたがたのきょうだいだしね）、初めてあの子を見たとき、『裏切り者』だとすぐわかった。魔女といっしょにいて、魔女の食べ物を食べたことのある者のようすをしていた。ナルニアに長く住んでいるとわかるんだ。目つきがちがうからね。」

「それでもやっぱり、さがしに行かなくちゃ。ひどいいじわるをするやつだとしても、ぼくたちのきょうだいなんです。それにまだ、子どもだし。」

　ピーターが、ひどく息をつまらせたような声で言った。

「魔女の館《やかた》に行くですって？」と、ビーバー夫人。「あの子を救うにしろ、あなたたち自身を救うにしろ、唯一の方法は魔女に近づかないことだって、わからない？」

「どういうこと？」と、ルーシー。

「だって、魔女は、あなたたち四人をつかまえたくてうずうずしているのよ。（いつだってケア・パラベルのあの四つの玉座のことを考えていますからね。）四人とも魔女の館に入ったら、むこうの思うつぼです。あなたたちがひとことも口をきかないうちから、魔女のコレクションに新しい像が四つ加えられるでしょう。でも、エドひとりしかつかまえられないなら、ずっとエドを生かしておくでしょう。おとりに使うためにね。残りのみんなをつかまえるためのえさですよ。」

　ルーシーが泣き声をあげた。

「ああ、だれか助けてくれる人はいないの？」

「アスランだけです」と、ビーバーさん。「会いに行きましょう。もうアスランにたよるしかありません。」

「ねえ、みなさん。」ビーバー夫人が言った。「いつ、あの子はぬけ出したのかしら。とても大切なことなの。魔女にどんな告げ口をするかは、あの子がどれくらい私たちの話を聞いたかによるでしょ。たとえば、あの子がいなくなる前にアスランの話をしたかしら？　もししてなければ、安心できるわ。だって、アスランがナルニアにやってきたことが魔女にばれず、私たちがアスランに会おうとしていると知られずにすめば、魔女は油断するでしょうから。」

「アスランのことを話していたときに、あいつがいたかどうか、覚えてないなあ」と、ピーターが言いはじめたとき、ルーシーが口をはさんだ。

「いたわ。」がっかりしたようにルーシーは言った。「覚えてない？　魔女はアスランも石に変えられないのって聞いたのはエドよ。」

「ああ、そうだ。なんてこった！　しかも、まさにあいつが言いそうなことじゃないか！」

「ますますよくないね」と、ビーバーさん。「じゃあ、つぎはこれだ。アスランと会う場所は石舞台だって話したとき、あの子はまだここにいたかな？」

　もちろん、だれひとり、この質問に答えられなかった。

「なぜなら、」と、ビーバーさんはつづけた。「魔女は石舞台にそりを走らせ、そこへむかうわれわれの先まわりをして、とちゅうでわれわれをつかまえるだろう。きっとわれわれは、アスランに会えなくなってしまう。」

「でも、魔女がまずやるのは、そういうことじゃありませんよ」と、ビーバー夫人。

「私が知っているあの女だったら、そうじゃありません。私たちがみんなここにいるとエドマンドが告げた瞬間に、今晩のうちにでも私たちをつかまえようと、ここへやってくるわ。あの子が三十分前に出たとしたら、あと二十分でここに来るわね。」

「そのとおりだ、おまえ」と、夫のビーバーさんは言った。「ここから逃げなきゃならん。一刻の猶予《ゆうよ》もならん。」

第九章

魔女の館で

さてそれでは、エドマンドはいったいどうなってしまったのだろうか。もちろんみなさん、知りたいだろう。あのときエドマンドは、出された夕ごはんを食べたのだが、あまりおいしいとは思わなかった。ターキッシュ・ディライトのことばかり考えていたからだ。悪い魔法の食べ物の思い出ほど、おいしいふつうの食事の味をだめにしてしまうものはない。みんなの話もエドマンドの耳には入っていたが、みんなが自分のことを無視して相手にしてくれないとひがんでいたので、やっぱりおもしろくなかった。無視なんてしていなかったのだが、エドマンドはそんなふうに思いこんでしまったのだ。そのうちに、ビーバーさんがアスランのことを話すまで聞いていて、アスランと石舞台で会う計画もすっかり聞いてしまった。そのときなのだ、エドマンドがドアにかかっているカーテンのうしろにじりじりっと入っていったのは。というのもアスランの名前を聞くと、なんとも知れぬこわい感じがしたからだ。ほかのみんなには、なんとも知れぬ心温まる感じがしたのだが。

ビーバーさんが「アダムの肉とアダムの骨」の歌を歌っていたとき、エドマンドはとても静かにドアの取っ手をまわしていた。そして、ビーバーさんが、白の魔女は本当は人間ではなく、幽鬼と巨人から生まれたものだと話しだしたときは、もうエドマンドは外の雪のなかに出てしまっており、そっと、うしろ手でドアを閉めていたのだった。

　エドマンドが本当に自分のきょうだいを石に変えてしまいたいと思うほど悪い子だったなんて考えないでほしい。ただターキッシュ・ディライトがほしくて、王子さまに（そしてやがては王さまに）なって、自分のことを人でなしだなんて呼んだピーターを見返してやりたかっただけなのだ。魔女がみんなにとくにやさしくしなくてもかまわなかったし、エドマンドだけ特別あつかいにしてくれているのを絶対やめてほしくないと思っていた。まさかみんなにとてもひどいことをするはずがないと思いこもうとして、無理をしていたのだった。

「だって、女王を悪く言う人たちはみんな女王の敵だから、たぶん半分はうそっぱちさ。ぼくにはとてもやさしくしてくれたし、とにかく、みんなよりずっとずっとやさしくしてくれた。きっと本物の女王さまなんだ。とにかく、おっかなーいアスランよりはずっとましさ！」

　少なくともそんな言いわけを心のなかでしながら、エドマンドは魔女のところへ行ったわけだ。でも、あまりよい言いわけではなかった。なにしろ、本当のところは、エドマンドにもわかっていたのだ。白の魔女は悪くて、残酷な人だ、と。

外に出て、まわりに雪が降っているのを見て、エドマンドが最初に気づいたことは、ビーバーさんの家にコートを忘れてきてしまったということだった。もちろん、今さら取りにもどるわけにもいかない。つぎに気づいたのは、もう日がすっかり暮れていたということだ。夕ごはんを食べはじめたのは三時ごろだったが、冬は日が短いのだ。エドマンドはそれを計算に入れていなかった。しかし、なんとかしなければならないから、えりを立てて、ダムの上をすり足でわたって（さいわいなことに、雪が降ったためにそれほどすべらなくなっていた）、川のむこう岸へ出た。

ようやく川岸に着いたときには、事態は最悪だった。刻一刻と暗くなってきていたし、そのうえ、あたり一面雪が舞って、一メートル先もはっきり見えないほどだった。しかも、道らしきものが一切なかったのだ。何度も深い雪の吹きだまりのなかにつっぷして、凍った水たまりで足をすべらせ、たおれた木の幹にけつまずき、急な坂をころげ落ち、むこうずねを岩でしたたかすりむき、びしょぬれで冷えきって、傷だらけになってしまった。あたりはしんと静まりかえり、ひとりぼっちでいることの心細さときたら、おそろしいものだった。もう少しでなにもかもあきらめてひき返し、すっかり白状して、みんなと仲直りをしようと思うところだったが、ふと、「ぼくがナルニアの王さまになったら、真っ先にちゃんとした道を作ろう」と口にしたのがきっかけで、王さまになったらなにをするかを考えはじめ、それでかなり元気を取りもどしてしまったのだった。どんなふうな宮殿に住もうかとか、自動車は何台がいいかとか、自分専用の映画館はどんなふうになっているかとか、主な鉄道をどこに走らせるかとか、ビーバーにダムを作らせないためにどんな法律を作ろうかとか考え、それからピーターに思い知らせてやるための計画をいろいろ考えぬいて、もう少しで計画が完成するというそのとき、天気が変わった。まず、雪がやんだ。それから急に風が吹きだして、こごえるほど寒くなった。おしまいに雲が流れ去って、月が出た。満月だ。あたり一面の雪がすみずみまで照らし出され、まるで昼間のように、なにもかもがやいた。ただ、かげがくっきりと出て、不気味だった。

　月が出てくれなかったら、とうてい道がわからなかっただろうが、ちょうどもうひとつの川に着く前に月が出てくれたので助かった。もうひとつの川というのは——みなさんは覚えているだろう、（ビーバーさんの家に初めて着いたときに）大きな川の下のほうに流れているのをエドマンドが見つけた、あの小さな川だ。エドマンドは今そこまでたどりついて、それを上流にたどっていこうとしていたのだ。ところが、その川が流れている小さな谷は、さっきの谷よりもずっと急で、岩やしげみだらけだったので、真っ暗だったらちっとも進むことができなかったことだろう。月が出ていても、枝の下に身をかがめたときに大きな雪のかたまりがどさっと背中に落ちてきて、全身びしょぬれになってしまった。こんなことが起こるたびに、エドマンドは、ピーターなんて大っ嫌いだと思ったのだ――あたかもそれがピーターのせいであるかのように。

　しかし、ついに、少し平らで、谷がひらけたところまでやってきた。月はいよいよ明るくかがやいている。そして川のむこう、ふたつの丘のあいだの、そんなに遠くない小さな平原のまんなかに、白の魔女の館《やかた》にちがいないものが見えた。館というのは、本当は小さな城だった。どこもかしこも塔のようで、針のようにするどく長くとがった尖塔《せんとう》がずらりとならんでいて、まるで大きな魔法使いの帽子か道化の帽子のように見えた。それがきらきらと月明かりに照らされて、その長いかげが雪の上に不気味に落ちていた。エドマンドは、この城がこわくなってきた。

　けれども、今さらあともどりなんてできない。

　エドマンドは、凍った川をわたって、城まで歩いていった。動くものはなにもないし、かすかな物音ひとつしない。自分の足音でさえ、新しくつもった深い雪にのみこまれて聞こえない。エドマンドは、玄関を見つけようとして、城の角をひとつ、またひとつと曲がり、小さな塔をひとつ、またひとつと通りすぎて歩きつづけた。ぐるりとまわって、ようやく玄関が見つかった。玄関は巨大なアーチになっていたが、大きな鉄の扉はあいたままになっていた。

エドマンドはアーチのところまでしのびよって、中庭をのぞきこんでみた。すると、もう少しで心臓がとまるかと思うような光景が目にとびこんできた。門のすぐ内側に、月明かりを浴びて、大きなライオンがとびかからんばかりに身をかがめていたのだ。エドマンドは門のかげにかくれて、前に進むこともうしろにさがることもこわくてできず、ひざをがたがたふるわせていた。あまりにも長いあいだそこに立っていたので、おそろしさのせいでなくとも、寒さのせいで、歯ががちがち鳴りそうだった。どれくらいそのままでいたのかわからないが、エドマンドには何時間にも思えた。

　そのうちにとうとう、どうしてライオンはこんなにじっと立っているんだろうとふしぎに思えてきた――なにしろ、最初に見たときから、一センチも動いていないのだ。エドマンドは、思いきって、できるかぎり門のかげから出ないようにしながら、少し近づいてみることにした。その立ち姿をよく見ると、ライオンはこちらのほうを全然見ていないことがようやくわかった。（「でも、こっちをふりかえったらどうしよう？」と、エドマンドは思った。）実のところ、ライオンはほかのだれかをじっとにらんでいたのだ。それは、百二十センチぐらい先でライオンに背をむけているこびとだった。

「よし！」と、エドマンドは思った。「こびとにおそいかかったときが、ぼくが逃げるチャンスだ。」

　でも、やっぱりライオンは少しも動かない。こびともだ。ここでようやくエドマンドは、白の魔女がひとを石に変えてしまうとみんなが話していたことを思い出した。ひょっとすると、これはただの石のライオンなんだ。そう思ったとたん、ライオンの背中と頭のてっぺんに雪がつもっていることに気がついた。もちろん、ただの石像にちがいない！　生きている動物だったら雪をかぶったままでいるはずがないのだ。心臓が破裂するんじゃないかと思うくらいどきどきしながら、エドマンドは、そうっとライオンに近づいてみた。わかっていても、ライオンにさわるのはこわくてしかたがなかったのだが、ついに、さっと手を出して、さわってみた。冷たい石だった。エドマンドがこわがっていたのは、やっぱりただの石像だったのだ！

　ああ、よかったとほっとする気持ちがとても強かったので、寒かったにもかかわらず、たちまち足先まで体が温まり、同時に、とってもすばらしい考えを思いついた。そのときは、すばらしいと思えたのだ。

「きっと」と、エドマンドは考えた。「これって、みんなが話していた、りっぱなライオンのアスランじゃないかな。魔女がとっくにつかまえて、石に変えちゃったんだ。つまり、みんながアスランについてあれこれ考えていることはみんな、おじゃんだ！へっ、アスランなんかこわいもんか！」

　そしてエドマンドは、石のライオンにむかって、どんなもんだいというえらそうな態度を取った。それから、とてもくだらない子どもじみたことをした。ちびたえんぴつをポケットから取り出して、ライオンの口の上にひげをかき、目にメガネをかいたのだ。そして、こう言った。

「やあい！　ばかな老いぼれアスラン！　石になってらぁ。ざまあみろ！　自分がすっごくかっこいいつもりだったんだろ？」

でも、顔に落書きをされても、大きな石の獣《けもの》の顔は、やはりとてもいかめしく、悲しげで、気高く、じっと月明かりを見あげていたので、からかってもちっともおもしろくなかった。エドマンドは、向きを変えると、中庭を歩きはじめた。

まんなかまで来てみると、チェスのゲーム中にチェス盤のあちこちにコマが立つように、あちこちに何十もの像が立っていた。森の精霊サテュロスやオオカミも石になっており、石のクマや、石のキツネや、石のオオヤマネコもいた。美しい姿の石は人間の女の人かしらと思ったが、本当は木の精だった。半人半馬《ケンタウロス》のりっぱな姿や、つばさの生えた馬や、竜かなあとエドマンドが思った、にょろにょろと長い生き物もいた。どれもこれもまるで生きているようでありながら、かがやく冷たい月の光を浴びてぴくりとも動かずに立っているのはとってもふしぎな感じがしたので、中庭を通りぬけるのは、まったくうす気味の悪いことだった。中央には、巨大な人間のようなかたちをした像が立っていたが、木のように高く、いかめしい顔にひげをぼうぼうに生やし、右手に大きなこん棒を持っていた。ただの石の巨人であって、生きてはいないのだとわかっていても、その前を通りたくはなかった。

このとき、中庭のずっとむこうの入り口からかすかな明かりがもれていることに気がついた。近づいてみると、石の階段が上につづいていて、その先のドアがあいている。エドマンドは階段をあがってみた。戸口の敷居には、大きなオオカミが寝そべっている。

「だいじょうぶ、だいじょうぶ。」エドマンドは何度も自分に言い聞かせた。「石のオオカミなんだから、こわくない。」

そして、それをまたごうとして、片足をあげたときだ。またたくまに、その巨大な動物は立ちあがり、背中の毛を逆立てて、大きな赤い口をあけて、うなるような声で言ったのだ。

「だれだ？　だれだ？　動くな、あやしいやつ。名を名乗れ。」

「すみません。」エドマンドはふるえてしまって、声がなかなか出てこなかった。「ぼ、ぼく、エドマンドと言います。こないだ、森で女王陛下にお目にかかったアダムの息子で、ぼくのきょうだいがナルニアにやってきたという知らせをもってきたんです——みんな、すぐそこのビーバーのうちにいます。じょ——女王陛下がお会いになりたいとおっしゃっていたので。」

「女王陛下にお知らせしよう。そのあいだ、この戸口でじっとしていろ。命がおしいならな。」

そう言って、オオカミは、城のなかに消えていった。

エドマンドはじっと待った。寒くて指先がじんじんと痛くなり、心臓がどきんどきんと鳴った。やがてあの灰色のオオカミ、すなわち魔女の秘密警察長官モーグリムが、はずむようにもどってきて言った。

「入れ！　入れ！　女王のお気に入りでよかったな――よかったかどうか、知らないが。」

そこでエドマンドは、オオカミの足をふまないようにとても気をつけながら、城のなかへ入った。

そこは、たくさんの柱が立ちならんだ長くて暗い広間だった。中庭と同じように、像がぎっしりならんでいた。戸口にいちばん近いところにあった像は、とてもさびしそうな顔をした小さなフォーンだったので、これがルーシーの友だちなのかなとエドマンドは思った。光は小さなランプ以外にはなく、ランプのすぐそばに白の魔女がすわっていた。

「やってまいりました、陛下」と、エドマンドは、思わず前へ走り出て言った。

「なぜ、ひとりで来た？」魔女はおそろしい声で言った。「ほかの者たちも連れてこいと言ったはずだ！」

「どうか、陛下」と、エドマンド。「できるだけのことはしたんです。近くまで連れてきました。川をあがったところにあるダムの上の小さな家に――ビーバー夫婦といっしょにいます。」

　ゆっくりと、残酷そうな笑みが、魔女の顔に表れた。

「知らせとはそれだけか？」魔女はたずねた。

「いいえ、陛下。」

　エドマンドは、ビーバーさんの家を出る前に耳にしたことをすべて話した。

「なんと！　アスランが？」女王はさけんだ。「アスランが！　まことか？　うそなどつこうものなら――」

「ぼ、ぼくはみんなが言っていたことを、お、お伝えしているだけです。」

　エドマンドは、つっかえつっかえ言った。

　けれども、女王はもはやエドマンドの言うことなど聞いてはおらず、手をたたいた。すると直ちに、以前いっしょにいたあのこびとが現れた。

「そりのしたくをせよ。」魔女は命じた。「鈴のついていない馬具をつけよ。」

第十章

魔法が解けはじめる

さて、ビーバーさん夫婦と三人の子どもたちの話にもどろう。

ビーバーさんが「一刻のゆうよもならん」と言ったとたん、みんなはコートに身を包みはじめた。ただし、ビーバー夫人だけは別で、袋を取り出して、テーブルの上に置きながらこう言いだしたのだ。

「さあ、あなた、あのハムをおろしてくださいな。これはお茶の袋、これはお砂糖、そしてマッチと。どなたか、あの角のつぼからパンを二、三斤取ってくださらないかしら。」

「なにをしているんですか、ビーバーの奥さん？」スーザンは、さけんだ。

「みんなのための荷づくりですよ、おじょうさん。」ビーバー夫人は、とても冷静に言った。「まさか、なにも食べる物も持たずに旅に出るだなんて思っていないでしょ？」

「でも、時間がないんです！　もう、今にも魔女がここに来ちゃう」と、スーザンは、コートのえりのボタンをとめながら言った。

「そう、私はそう言ったぞ。」ビーバーさんも調子を合わせてくれた。

「よく言うわ」と、ビーバー夫人。「考えてもごらんなさいな、あなた。魔女がここに来るには、少なくともあと十五分はかかりますよ。」

「でも、できるだけ早く出発したほうがいいんじゃありませんか」と、ピーター。「魔女より先に石舞台に着くつもりなら？」

「それを忘れちゃいけないわ、ビーバーの奥さん」と、スーザン。「魔女はここをのぞいて、私たちが行ってしまったあとだとわかれば、全速力で追いかけてくるわ。」

「そうでしょうね」と、ビーバー夫人。「でも、どんなにがんばったって、私たちが魔女より先に着くのは無理ですよ。むこうはそりに乗っていて、こっちは歩きなんですからね。」

「じゃあ——もう、だめってこと？」と、スーザン。

「さあさあ、さわぎたてたりしないで、いい子だから」と、ビーバー夫人。「引き出しからきれいなハンカチを六枚ほど出してちょうだい。もちろん、だいじょうぶですよ。魔女より先に行き着けなくても、やりすごして、むこうの思いもよらないようなやりかたで、きっと着けますよ。」

「そのとおりだ、おまえ」と、ビーバーさんが言った。「だが、もうこの話はおしまいにして、出かけよう。」

「あなたまでさわぎたてないでくださいよ。さあてと。これでいいわ。荷物が五つ。いちばん小さいのは、いちばん小さい人用ね。あなたのことよ」と、ルーシーを見ながら、ビーバー夫人は言った。

「ねえ、ほんとに、もう行きましょうよ」と、ルーシー。

「そうね、もう、これでおわりにしますからね。」ようやくビーバー夫人はそう答えると、雪ぐつをはくのをビーバーさんに手伝ってもらった。「ミシンはもっていくには重たすぎるわね？」

「ああ、重たすぎるよ」と、ビーバーさん。「ものすごぉく重たすぎる。まさか、逃げている最中にミシンを使おうなんて考えているんじゃないだろうね？」

「あの魔女にいじられると思うだけで、嫌なんですよ」と、ビーバー夫人。「こわされたり、ぬすまれたりするかもしれないし。」

「ねえ、お願い、お願い、お願い、急いで！」三人の子どもたちが言った。

ついに、みんなは外に出て、ビーバーさんはドアに鍵《かぎ》をかけた。（「時間かせぎになる」と言って。）そして、みんなは、肩に荷物を背負って出発した。

もう雪はやんでいて、月が出ていた。先頭はビーバーさん、そのあとがルーシー、つぎにピーター、それからスーザンで、最後にビーバー夫人というふうに、一列になって進んだ。ビーバーさんは、ダムをわたり、川の右岸を歩き、川辺の林をぬけて、ひどいでこぼこ道を通っていった。谷の両側の斜面が、月明かりに照らされて、ずっと上のほうまでよく見えた。

「できるかぎり低いところを通っていったほうがいい」と、ビーバーさん。「そりはここまでおりてこられないからね。魔女は上を通るしかないんだ。」

すわり心地のいいアームチェアに身をしずめて窓ごしにながめていたなら、すてきな景色と言えたことだろう。こんなときでも、はじめのうち、ルーシーは景色を楽しんでいた。でも、歩きに歩き――そのうえ、さらに歩かなければならなくなると――背中の荷物がどんどん重く感じられ、ルーシーは、がんばりつづけるのは無理なんじゃないかしらと思いはじめた。氷の滝や凍りついた川がきらきらしてきれいだったのも、ルーシーは見るのをやめてしまった。木々につもった大きな白い雪帽子にも、まぶしい満月や満天の星にも、もう目をあげるのをやめて、ひたすら目の前の雪に目を落として、そこをパタ、パタ、パタ、パタといつまでもとまらないかのように進んでいくビーバーさんの小さな短い足だけを見つめていた。やがて、月が見えなくなり、雪がまた降りはじめた。ルーシーはついに歩きながらうとうとするほどつかれてしまったのだが、ビーバーさんが川岸から右へそれて、急な斜面をのぼり、かなり深いしげみのなかへみんなを連れていこうとしていることに、ふと気がついた。はっと目をさましたルーシーは、ビーバーさんが斜面にある小さな穴に消えていくところを見た。

穴はしげみにかくれていて、いよいよ入ろうというところまで来ないと穴があることがわからない。実のところ、ビーバーさんが短い平らなしっぽだけ残して消えてしまったとき、ルーシーはなにが起こっているのかさっぱりわからなかった。

ルーシーはすぐに身をかがめて、ビーバーさんのあとについて、這《は》って穴に入った。そのうしろから、這う音、ハアハアという息の音が聞こえて、まもなくほかのみんなも入ってきた。

「いったいどこですか、ここは？」

ピーターの声がした。暗闇のなかで、つかれて青ざめているように聞こえた。（青ざめた声がどんな声か、みなさんにわかるといいのだが。）

「いざというときのための、ビーバーの古いかくれ場所です」と、ビーバーさん。「絶対秘密の場所です。たいしたところじゃないけれど、数時間、眠らなければね。」

「出発するとき、あんなにひどくさわぎたてないでくれたら、まくらぐらい持ってきたのに」と、ビーバー夫人。

タムナスさんのすてきなほら穴とは比べものにならないな、とルーシーは思った。地面に穴があいているだけで、かわいていて土のにおいがする。なかは、かなりせまかったので、みんなが横になると、ひと山の服のかたまりのようになった。そのせいもあり、また、長いこと歩いて温まっていたせいもあって、みんなはほかほかと気持ちよくなった。ほら穴の床がごつごつしてさえいなければよかったのだが！　それからビーバー夫人が暗闇のなかで小さな水筒を出してくれたのを、みんなでまわして飲んだ。それは、飲むと、むせたり、吹き出したり、のどがひりひりしたりするような飲みものだったが、飲みくだしてみると、ほかほかとあったかい感じがしてきて、みんな、とたんに眠りに落ちた。

　起きたのは、ほんのつぎの瞬間のようにルーシーには思えたが、実際には何時間もたっていた。少し寒くて、体がひどくこわばっていて、熱いおふろに入りたいなんて思いながら眠りからさめると、ほおが長いひげでくすぐられるのを感じ、目をあけると、寒々とした日光がほら穴の入り口からさしこんでいるのが見えた。はっとして、すっかり目をさますと、ほかのみんなも目をさましていた。実は、みんな身を起こして、口と目を大きくあけて、ある音に聞き耳をたてていたのだ。ゆうべ歩いているあいだ、ときどき聞こえた気がして、ずっと気になっていたあの音に。それは、シャンシャンと鳴る鈴の音だった。

　ビーバーさんはその音を聞くやいなや、いなずまのようにほら穴から飛び出していった。ひょっとすると、ルーシーがちょっと思ったように、そんなことをしてはいけないと、みなさんも思っただろうか？　でも、それはとても分別のある行動だったのだ。姿を見られずに、しげみやイバラのなかをくぐって斜面のてっぺんまでさっとよじのぼれることをビーバーさんは知っていた。そしてなにより、魔女のそりがどちらへむかったのか見さだめておきたかったのだ。ほかのみんなは、ほら穴のなかで、どうなることかと待っていた。

五分ほど待っただろうか。音が聞こえてきて、みんなはとてもぞっとした。何人かの声がしたのだ。

「ああ」と、ルーシーは思った。「見つかっちゃったんだ。魔女につかまった！」

その少しあとに、ほら穴のすぐ外からみんなに呼びかけるビーバーさんの大声が聞こえたときには、みんなとてもおどろいた。

「だいじょうぶだよ。出ておいで、おまえ。出ておいで、アダムの息子さん、イブの娘さんたち。だいじょうぶだ。ちがったよ、あの女、ちがう！」

もちろん、これは文法的にまちがった言いかただが、興奮するとビーバーさんはこんな話しかたをするのだ。ナルニアでは――私たちの世界では、ふつうビーバーは全然話さないけれども。

そこで、ビーバー夫人と子どもたちは、どっとほら穴から出てきた。みんな日光に目をパチパチさせ、土だらけで、かなりむれた感じで、髪もぼさぼさで、どろんとした目をしていた。

「おいで！　見に来てごらん！　こいつは魔女にとっては痛い一撃だぞ！　魔力が弱

ってきているんだ」と、さけんだビーバーさんは、踊りだしそうなくらい大よろこびしていた。

「どういうことですか、ビーバーさん？」

みんなで谷の急な斜面をのぼっていくとき、ピーターが息を切らしながらたずねた。

「言わなかったかね。」ビーバーさんが答えた。「魔女のせいで、いつも冬なのにクリスマスは来なくなっちまったって？　言わなかったかね？　ところがどっこい、見てごらん！」

そのとき、すっかり斜面の上までのぼりきっていたみんなは、見たのだ。

そりがあった。鈴をつけたトナカイたちもいた。でも、魔女のトナカイたちよりずっと大きく、毛の色は白ではなく茶色だった。そして、そりにすわっていた人物は、だれもが一目でだれだかわかる人だった。明るい真っ赤なローブを着て（ヒイラギの赤い実のように明るい色だ）、内側に毛皮がついたフードをかぶり、滝のように胸にひろがるりっぱな白ひげを生やした大きな人だ。

ナルニアに来ないと会えない人だが、それでも、だれもが知っている人だった。私たちの世界でも――つまり、たんすの扉のこちら側の世界でも――その人の絵を見たり、話を聞いたりしているからだ。でも、ナルニアで実際に会ってみると、全然ちがう感じがする。私たちの世界では、サンタクロースの絵は、ただのご機嫌なおもしろい人のようにえがかれているが、こうして本物を目の前にしてみると、全然ちがうのだ。実際にその前に立ってみると、とても大きくて、陽気で、本当に生きているので、子どもたちは感動のあまり動けなくなってしまった。会えてとてもうれしかったのだが、おごそかな気分にもなったのだ。

「とうとうやってきたよ」と、サンタさんは言った。「魔女のせいで、なかなか入れなかったが、ようやく入りこめた。アスランが動いている。魔女の魔法が弱まっているんだ。」

ルーシーは、おごそかにじっとしているときにだけやってくるあの深いよろこびのふるえが、さあっと体じゅうを走りぬけるのを感じた。

「さあて」と、サンタさんは言った。「みんなにプレゼントをあげよう。ビーバー夫人には、もっといい新品のミシンだ。通りがかりにお宅に届けておくよ。」

ビーバー夫人は、脚を折り曲げて、女らしくおじぎをしながら言った。

「もうしわけございませんが、ドアに鍵《かぎ》がかかっております。」

「鍵だの、錠だのは、わしには関係ないよ。それから、ビーバーさん、あなたは、家に帰ったら、新しいダムが完成しているのをごらんになるだろうて。修理もすんで、水もれするところはぜんぶなくなって、新しい水門がついているよ。」

ビーバーさんは、とてもうれしくなって大きな口をあけたが、なんと言っていいかわからなかった。

「ピーター、アダムの息子よ」と、サンタさん。

「はい」と、ピーター。

「これがおまえさんへのプレゼントだ。こいつは、おもちゃじゃない、本物の武器だ。これを使うときが、まもなくやってこよう。しっかり持っているのだぞ。」

そう言うと、サンタさんはピーターに盾と剣をわたした。

盾は銀色で、真っ赤なライオンがうしろ足で立ちあがった絵がえがかれていた。つんだばかりの熟したイチゴのような明るい赤だった。剣の柄《つか》は金でできていて、さややベルトなど必要なものがすべてついていたし、ピーターが使うのにちょうどいい大きさと重さだった。ピーターはだまってうやうやしくこれらの贈り物を受けとったが、それというのも、これはとても重大な贈り物だと感じたからだった。

「イブの娘、スーザンよ。これをおまえさんにあげよう。」そう言うと、サンタさんはスーザンに弓と、矢がいっぱい入った矢筒と、小さな象牙《ぞうげ》の角笛を手わたした。

「弓を使うのは、どうしても必要なときだけだぞ」と、サンタさんは念をおした。

「おまえさんに、戦《いくさ》で戦ってもらおうというわけじゃないからな。射れば、まず、はずれっこなしだ。それから、この角笛を口にあてて吹けば、おまえさんがどこにいようと、助けが来るだろうて。」

最後にサンタさんは言った。

「イブの娘、ルーシーよ。」

ルーシーが進み出た。サンタさんはルーシーに、ガラスでできているような小瓶（ダイヤモンドでできているという話もあとで語られるようになるが）と、小さな短剣をあたえた。サンタさんはこう言った。

「この瓶には、太陽の山に生える火の花の汁からできた薬が入っている。もしおまえさんかお友だちが傷ついたら、これを数滴たらしてやれば治る。それから短剣は、やむをえないときの護身用だ。おまえさんも戦《いくさ》には参加せんからな。」

「どうしてでしょうか」と、ルーシーはたずねた。「あたし――わからないけど、あたしだって勇気を出せると思います。」

「そういう問題じゃない」と、サンタさんは言った。「女の人が戦うと、戦《いくさ》は、みにくいものになる。さあて。」

ここで、ふっとサンタさんはきびしい表情をやわらげた。

「さあ、とりあえず、みんなにこれを食べてもらわなきゃな！」

サンタさんが取り出したのは（背中にかついだ大きな袋から出したのだと思うのだが、実際に出すところを見た人はいなかった）、大きなおぼんで、その上に五つのティーカップのセット、小鉢に盛られた角砂糖、小さな器に入ったクリーム、しゅうしゅう湯気をあげてかんかんに熱い特大のティーポットがのっていた。

それから、サンタさんが、「メリークリスマス！　まことの王さま、万歳《ばんざい》」とさけび、むちをピシリと鳴らすと、サンタさんもトナカイもそりもみんな、たちどころに消えてしまった。あっ消えてしまう、と思う間もなかった。

ピーターが剣をさやから抜いてビーバーさんに見せていたときに、ビーバー夫人が言った。

「さて、さて！　そんなところで立ち話をしていたら、お茶が冷めてしまいますよ。まったく男のひとというのは。さ、おぼんを運ぶお手伝いをしてちょうだい。朝ごはんにしましょう。パン切りナイフをもってこようと思いついていて、ほんとによかったわ。」

そこで、みんなは急な斜面をおりて、ほら穴にもどり、ビーバーさんはパンとハムを切ってサンドイッチにし、ビーバー夫人はお茶をついで、みんなでおいしく朝ごはんをいただいた。でも、食べおわるとすぐに、ビーバーさんは言った。

「さあ、出発の時間だ。」

第十一章

アスランは近い

いっぽう、エドマンドはさんざんな目にあっていた。こびとがそりの用意をしに行ったとき、きっと魔女は以前のようにやさしくしてくれると思っていたのに、ひとこととも言葉をかけてくれなかったのだ。とうとうエドマンドが勇気をふりしぼって、

「どうか陛下、ターキッシュ・ディライトを少しいただけませんか？　あのう、陛下は……陛下は……この前、そうおっしゃって……」と言うと、魔女は「だまっていろ、ばか者！」と、答えた。それから、どうやら気が変わったらしく、まるでひとりごとのように、こうつづけた。

「でも、とちゅうでこのガキに気を失われてもこまるし。」

そして、もう一度手をたたくと、別のこびとが現れた。

「この人間に、食べ物と飲み物を持ってきておやり」と、魔女は言った。

こびとは立ち去ると、まもなく鉄のおわんに水を入れて、鉄のお皿にかわいたパンの大きなかたまりをのせて持ってきた。こびとはエドマンドの足もとにそれらを置き

ながら、嫌な感じでにやりと笑って言った。

「小さな王子さまへ、ターキッシュ・ディライトでござぁい。へ、へ、へ！」

「いらないよ。カチカチのパンなんか」と、エドマンドはふくれっつらをした。

しかし、魔女があまりにおそろしい表情を浮かべて、キッとこちらをふりかえったので、エドマンドはごめんなさいと言ってパンにかじりついた。あまりにもカチカチだったので、なかなかのみくだせなかったが。

「こんど、いつまたパンを食べられるかわからぬのだから、ありがたいと思って食え」と、魔女は言った。

　エドマンドがまだもぐもぐやっているうちに、最初のこびとがもどってきて、そりの用意ができましたと告げた。白の魔女は立ちあがり、エドマンドについてこいと命じて出ていった。中庭に出ると、また雪が降っていたが、魔女はそんなことを気にもとめずに、そりの自分の横の席にエドマンドをすわらせた。しかし、出発前に魔女の秘密警察長官のモーグリムを呼んだので、モーグリムがそりの横へ巨大な犬のようにはねてきた。魔女は言った。

「いちばん足の速いオオカミを連れて、ビーバーの家へ急行せよ。そして、そこにいる者をみな殺しにするのだ。もし、もぬけのからであったら、全速力で石舞台へ行け。だが、見られないようにして行くのだ。そこで、私が行くまで身をひそめていろ。私はそのあいだに何キロも西へ進み、川を横切れる道を見つけねばならない。おまえたちは、あの人間どもが石舞台に着くより先にやつらに追いつくのだ。見つけたらどうすればよいか、わかっているな！」

「わかっております、女王さま。」オオカミはうなった。そして直ちに、疾走する馬のようにすばやく、雪の暗闇のなかへ消えていった。

数分後には、モーグリムは別のオオカミたちを連れてダムまで来ており、ビーバーの家をさがしてクンクンとかぎまわっていた。でも、もちろん、家を見つけても、なかは空だった。その夜、もし天気がよかったら、オオカミたちは足あとを見つけて、ビーバー夫妻と子どもたちはおそろしい目にあったことだろう。まずまちがいなく、ほら穴にたどり着く前に追いつかれていたところだ。でも、雪がまた降りはじめてくれたので、においは消え、足あとも見えなくなっていた。

いっぽう、こびとはトナカイたちにむちを当て、そりに乗った魔女とエドマンドは城の門を飛び出して、冷たい闇のなかへと進んでいった。これは、コートを着ていないエドマンドにとって、ひどい旅だった。十五分も行かないうちに、エドマンドの体の前はすっかり雪だらけになってしまった。はらっても、はらっても、またすぐに新しい雪がどんどんつもってしまうので、くたびれて、はらいのけるのもやめた。そのうちに、服のなかまでぐっしょりとぬれてしまった。ああ、なんとみじめなエドマンド！　もはや、魔女がエドマンドを王さまにしてくれそうには思えなかった。魔女がいい人でやさしくて、本当は正しい側なんだと信じこもうとして自分に言いきかせてきたことはみんな、今となってはばかげていたように思えた。今、たった今、きょうだいたちに会えるなら、なにを手放してもいいと思った――ピーターでもいいから会いたい！　こうなると、なにもかも夢で、今すぐにも目がさめるはずだと思いこむぐらいしかできない。実際、何時間も進むにつれて、なにもかも夢のように思えてきた。

このエドマンドのつらい旅は、ここに何ページも何ページも書いたとしても、とても言いあらわせないほど長くつづいたのだが、雪がやんで朝になってもまだそりは朝日を浴びて進んでいた、というところまで時間をはしょって話をうつそう。まだまだ旅はつづいており、聞こえる音といえば、相変わらずシューとそりが雪をかきわける音、トナカイの馬具がキイキイときしむ音ばかりだった。そしてついに、魔女が言った。

「これはなんだ？　とまれ！」

そりはとまった。

魔女が朝ごはんのことを言ってくれないかしらと、エドマンドはどれほどねがったことだろう！　でも、とまったのは、まったくほかのわけがあったからだった。少し先にある木の根もとで、楽しそうな集まりがひらかれていたのだ。リスのお父さんとお母さんと子どもたち、それから森の精霊サテュロスふたりと、こびとひとりと、一匹のキツネのおじいさんが、テーブルをかこんで腰かけにすわっていた。みんながなにを食べているのか、エドマンドにはよく見えなかったが、おいしそうなにおいがして、ヒイラギの葉の飾りものがあるようだったし、プラムがいっぱい入ったクリスマスケーキが見えたような気がしないでもない。そりがとまったとき、見るからにいちばん年寄りのキツネが、ちょうど立ちあがって右の前足でグラスをかかげて、これからなにか言おうとしていたようだった。でも、そりがとまって、だれが乗っているのかわかると、みんなの顔から笑顔がすうっと消えてしまった。お父さんリスは、口に食べ物を運んでいたフォークをとちゅうでとめ、サテュロスのひとりは口にフォークを入れたところでとまり、赤ちゃんリスたちはこわくて泣きはじめた。

「これはどういうことだ？」

　魔女の女王がたずねた。だれも返事をしない。

「言え、虫けらども！　さもないと、わがこびとがむちを使って、おまえたちに舌がないのかたしかめようぞ。このようにがつがつと、勝手に、むだな食事をしているとはどういうことだ？　どこでそれを手に入れた？」

「どうか、陛下」と、キツネが言った。「いただいたのです。もし、陛下の健康に祝杯をあげるおゆるしをいただければ――」

「だれからもらった？」と、魔女。

「サ、サ、サ、サンタクロースからです。」

「なんだと？」魔女はわめいて、そりからとびおりると、おびえきっている動物たちにつかつかと近づいた。「こんなところにいたはずがない！　ありえぬ！　よくもおまえたち……いやいや。うそをついたとみとめれば、ゆるしてやろう。」

その瞬間、幼いリスの一匹がすっかりおかしくなってしまった。

「サンタさん、来たもん——来たもん——来たもん！」

子リスは、小さなスプーンでテーブルをたたきながら、キーキー声をあげた。

魔女がくちびるをガッと嚙《か》みしめたために、その白いほおに、血がひとしずく、ぴしりと飛ぶのをエドマンドは見た。魔女は杖《つえ》をふりあげた。

「ああ、やめて、やめて、どうかやめて！」

エドマンドはさけんだが、そのさけび声もむなしく、魔女は杖をふりおろし、そこにいた楽しそうな一団はたちまち石像に変わってしまい、みんながかこむテーブルも、その上のお皿やクリスマスケーキも石になってしまった。（そのうちのひとりは、石のフォークを石の口へ運ぼうとするところで永遠にとまってしまった。）

「そして、おまえは、」と、魔女は、そりにもどってくるなり、エドマンドの顔を目がまわるほどひっぱたいて言った。「スパイや裏切り者をゆるしてくれとたのんだりするとどうなるか、これで思い知るがいい。進め！」

　このときエドマンドは、この物語のなかで初めて、自分以外のだれかをかわいそうに思ったのだった。これから先何年も何年も、あの小さな石の像たちが、昼は口もきけず、夜は暗いなかで、ずっといつまでもあそこにすわりつづけ、やがては、コケがむして、ついには顔がぼろぼろとくずれ落ちてしまうのだと思うだけでかわいそうになったのだ。

　ふたたび、そりはどんどん進んでいった。そのうちにエドマンドは、そりがけたてる雪が、昨日の夜じゅう降っていた雪よりもずっと水っぽいことに気がついた。同時に気がついたのは、それほど寒くなくなってきたことだ。しかも、霧が出てきた。実のところ、刻一刻と霧が濃くなり、暖かくなってきていた。そのうえ、そりは、今までのような走りっぷりではなくなっていた。最初は、トナカイがつかれたのかと思ったが、そのうちに、それが本当の理由でないことにエドマンドは気がついた。そりは、石にぶつかっているかのようにガクンとなり、横すべりし、激しく上下にゆれていた。こびとがかわいそうなトナカイにどんなにむちを当てようと、そりはどんどんおそくなっていった。あちらこちらで、なんだか気になるふしぎな音もしていたが、そりがすべる音、がたがたとゆれる音、こびとがトナカイを怒鳴りつける声のせいで、エドマンドにはそれがなんだかわからなかった。突然、そりがガシッとなにかに引っかかってしまって、まったく動けなくなり、一瞬しんとした。その沈黙のなかで、ついにその音がはっきり聞こえた。ふしぎな、気持ちのよい、さらさら、ぴちゃぴちゃという音――とは言っても、それほどふしぎな音でもない。前に聞いたことがある音なのだ――どこで聞いたのか思い出せさえしたらいいのに！　そのとき、ふいにエドマンドは思い出した。それは、水のせせらぐ音だ。目には見えないけれど、あたり一面、さらさら、ぴちゃぴちゃ、ぶくぶく、ぱしゃぱしゃと音がしていて、（遠くでは）ごうごうと流れてさえいるようだ。凍りつく寒さがおわったのだとわかると、エドマンドの心臓は（なぜかわからないが）どきんと飛びあがった。しかも、すぐ近くでは、あちこちの木々の枝から、ぽたん、ぽたん、ぽたんと水滴がしたたり落ちているではないか。ちょうど一本の木に目をやったとき、その木から大きな雪のかたまりがどさっと落ちて、エドマンドはナルニアに足をふみ入れてから初めてモミの木の濃い緑色を見た。でも、それ以上耳をかたむけたり見つめたりする時間はなかった。魔女がこう言ったのだ。

「ぼうっとするな、ばか者！　手伝え！」

もちろん、エドマンドは言うとおりにしなければならなかった。エドマンドは雪――もうすっかり、ぐじゃぐじゃに解けていた――のなかに足をふみ入れ、どろだらけの穴にはまったそりをこびとが引き出そうとしているのに手を貸した。ようやく引き出すと、こびとはトナカイにずいぶん乱暴な仕打ちをしてふたたびそりを動かし、少し先へ進ませた。雪はもうすっかり解けていて、地面のあちらこちらから緑の草がちらほらと見えはじめていた。エドマンドのように雪の世界を長いことじいっと見つめてきた者でなければ、はてしない白がおわってついにこうした緑の点々が見えてくることがどんなにほっとすることか、なかなかわからないだろう。しばらくして、また、そりがとまった。

「だめです、陛下」と、こびとが言った。「こんなに雪が解けてしまっては、そりでは進めません。」

「では、歩くしかあるまい」と、魔女。

「歩いていては追いつけませんよ。」こびとはぶつぶつと言った。「やつらのほうが先に出てますからね。」

「おまえは私に意見するのか、どれいのくせに？」と、魔女。「言われたとおりにしろ。その人間の手をうしろ手にしばり、縄の先を持て。それからむちを持て。そして、トナカイの馬具を切れ。トナカイどもは勝手に家に帰るであろう。」

　こびとは言われたとおりにし、数分後にエドマンドはうしろ手にしばられたまま、思い切りせきたてられて歩かされていた。ぐじゃぐじゃの雪や、どろや、ぬれた草で足をすべらせ、すべるたびにこびとにののしられ、ときにはむちでたたかれた。魔女はこびとのうしろから歩き、「急げ！　急げ！」と言いつづけていた。

刻一刻と、あちこちに見えていた緑の面積が大きくなり、雪の面積が小さくなっていった。多くの木々がつぎつぎと雪の衣をはらい落とした。そのうちに、見わたすかぎり白だった世界に、モミの木の深緑や、はだかのオークやブナやニレの木の黒くごつごつした枝が見えてきた。やがて、霧が白から金色に変わったかと思うと、まもなくすっかり晴れわたった。気持ちのよい日光がさんさんと森の地面にさしこみ、頭上には木々のこずえのあいだから青空がのぞいた。

そのうちに、もっとすばらしいことが起こった。ふと角を曲がって、白樺《しらかば》でかこまれた空き地に出ると、そこの地面はあたり一面、小さな黄色の花でおおわれていたのだ。キンポウゲだ。水の音が大きくなってきた。しばらくして三人は、本当に流れている小さな川をわたった。わたった先には、マツユキソウ〔スノードロップ〕が生えていた。その花を見ようとエドマンドが顔をそちらにむけると、「よそ見をするな！」と、こびとが言って、縄をいやらしくぐいっと引っぱった。

でも、もちろん、それぐらいのことでエドマンドが花を見られなくなることはなかった。五分もすると、こんどは古い木の根もとにクロッカスが十二本ほど生えているではないか。金とむらさきと白のクロッカスだ。それから、水の音よりも、もっとすてきな音が聞こえた。歩いている道のすぐそばの木の枝から、小鳥が突然さえずったのだ。それに応《こた》えて、少しはなれたところから別の小鳥がさえずった。まるでそれが合図であったかのように、あちらこちらからピーピーピヨピヨ、どっと鳴きだして合唱になったかと思うと、五分もしないうちに森じゅうに小鳥の歌が鳴りひびいた。どこに目をむけても、小鳥たちが枝移りをしたり、頭の上を飛んだり、追いかけあったり、つつきあったり、くちばしで羽づくろいをしたりしているのが見える。

「急げ！　急げ！」と、魔女が言った。

　もはや霧は、かげも形もなかった。空はどんどん青くすみわたり、ときどき白い雲がすうっと通りすぎることもあった。広い野原にはサクラソウ〔プリムローズ〕が咲いていた。そよ風が吹いて、ゆれる枝からしずくを飛ばし、冷たくてかぐわしいにおいを、歩く三人の顔に運んだ。木々はすっかり生き生きとしてきた。カラマツとカバノキは緑でおおわれ、キングサリの木からは金色の花房がたれさがった。やがて、ブナの木がうすくてすきとおった葉をのばした。その下を通ると、光もまた緑になった。ハチがその光の通り道をブンブンと横切った。こびとが急にとまって言った。

「雪が解けただけじゃありません。春になったのです。どうしましょう？　あなたさまの冬がやぶられたんですよ！　こいつはアスランのしわざです。」

「おまえたちのどちらであれ、その名前をもう一度言った者は――」と、魔女が言った。「即刻、殺す。」

第十二章

ピーターの初陣

　こびとと魔女がそんなことを言っているあいだ、ずっと遠くでは、ビーバー夫妻と子どもたちが、すてきな夢のような世界を何時間も歩きつづけていた。みんな、コートはずっと前にぬぎ捨てていた。さっきまで、たがいに、「見て！　カワセミだよ。」「あら、ツリガネソウだわ！」「このあまい香りは、なにかな？」「ね、あのツグミの声を聞いて！」などと言いあっていたのに、今はそれさえやめてしまって、楽しい気分にひたりながら、だまって歩きつづけていた。暖かい日だまりをぬけて、すずしい緑の雑木林に入り、コケの生えた広い空き地に出ると、そこには背の高いニレの木が頭上高くに葉っぱの屋根をかかげていた。そこから先は、あたり一面アカスグリの花が咲きみだれているところに出たり、サンザシのあまい香りがむせぶほどいっぱいにひろがったしげみに出たりした。

　冬が消えうせて、数時間のうちに森全体が一月から五月に変わってしまったのを見て、みんなはエドマンドと同じく、あっけにとられていた。アスランがやってくるとこうなるのだということを、みんなは（魔女のようには）はっきりとわかっていなかった。でも、はてしない冬を生み出したのが魔女の魔法であることは知っていたから、このふしぎな春がはじまったということは、魔女のたくらみがおかしくなって、かなりだめになっているのだとわかった。雪がどんどん解けていくと、魔女がもうそりを使えないということもわかったので、それからはあまり急がずに、休みもたびたび、ゆっくり取ることにした。もちろん、みんなすでにずいぶんくたびれていたのだが、へばってしまったというわけではない。ただ、一日じゅう外で働いていた者が一日のおわりに感じるように、けだるくて、ぼうっとして、心がおだやかになっていた。スーザンは、片方のかかとに小さなまめができていた。

大きな川沿いの道からは、とっくにはなれていた。石舞台に行くには少し右（つまり、少し南）へ行かなければならなかったからだ。たとえ右へ行かなくてよかったとしても、いったん雪解けがはじまってしまうと、谷の川沿いの道は使えなかっただろう。雪がどっと解けて、川がたちまち氾濫《はんらん》して、すばらしくごうごうとうなるような、とどろく黄色の洪水が起こって、道をのみこんでしまったはずだからだ。

さて、太陽は低く落ち、その光は赤みがかって、かげが長くなり、花はそろそろ閉じようかなと思いはじめていた。

「もうすぐだよ。」

ビーバーさんはそう言うと、ふかふかの、はずむようなコケをふみしめ（つかれた足には気持ちのよいものだった）、背の高い木だけがあちらこちらにぽつりぽつりと生えている、とても急な坂をのぼっていった。長かった一日が暮れようというときに、こうやって坂道をのぼったので、みんな、はあはあと息が切れた。ちょうどルーシーが、もう一度ちゃんと腰をおろしてお休みしないと上まで行けないんじゃないかしらと思いはじめたとき、ふと気がつけば、みんなは丘のてっぺんにいたのだ。そこで見えたのは、こんな景色だった。

そこは、どちらをむいてもずっと森がひろがっている緑の原っぱだった。ただし、まっすぐ前、東の方向はちがっていた。はるか東に、なにかきらきらするものが見えている。

「うわぁ。海だ！」ピーターがスーザンにささやいた。

この丘の頂上のひろびろとした原っぱのまんなかには石舞台があった。それは、四本の石の脚に支えられた、灰色の大きくてがんじょうな石の厚い板である。とても古めかしいもので、いたるところに読めない文字のような奇妙な線や形がきざまれている。その線や形を見ていると、ふしぎな気持ちになってくる。つぎにみんなが見たのは、原っぱの片すみに張られている大きなテントだった。りっぱなテントで、とくに黄色の絹のようなテントの布、紅の綱、象牙《ぞうげ》色の留《と》め杭《ぐい》が、夕日に映えてきれいだった。その上に高くのびたさおには、うしろ足で立ちあがる赤いライオンがえがかれた旗が、はるかな海からみんなの顔に吹きつける潮風にぱたぱたとはためいていた。それを見あげていると、右手から音楽が聞こえてきた。ふりむくと、みんなが会いにやってきた相手が、そこにいた。

　動物たちがむらがるまんなかに、アスランが立っていたのだ。動物たちは半月形に隊列を作ってアスランを取りかこんでおり、弦楽器を手にした木の精の女の人たちや泉の精の女の人たちもいた。（私たちの世界ではドリュアス、ナーイアスと呼ばれる妖精《ニンフ》たちだ。）音楽を奏でていたのは、このひとたちだった。四人の大きな半人半馬《ケンタウロス》もいた。下半身の馬になっているところは、イングランドの大きな農馬のようで、上半身の人の姿のところは、いかめしくも美しい巨人のようだった。一角獣《ユニコーン》もいれば、人の頭をした牡牛《おうし》もおり、ペリカンも、ワシも、巨大な犬もいた。アスランのとなりには二頭のヒョウがひかえ、一頭がアスランの王冠を、もう一頭が王の旗を持っていた。

　けれども、アスラン自身に対しては、ビーバー夫妻も子どもたちも、お会いしてどうしたらいいのか、なにを言ったらいいのかわからなかった。ナルニアに行ったことのない人たちは、善でありながらおそろしいものなどありえないと思いがちだ。子どもたちもこれまでそう考えていたかもしれないが、今、そんなこともありうるのだと、思い知った。子どもたちは、アスランの顔を見ようとしたのに、黄金のたてがみと、王さまらしい、おごそかで威厳のある大きな目をちらりと見るのがせいいっぱいで、とてもアスランを見つめられず、わなわなとふるえあがってしまった。

「どうぞ前へ」と、ビーバーさんが言った。

「いいえ」と、ピーターがささやいた。「お先にどうぞ。」

「いや。動物よりもアダムの息子さんが先です。」ビーバーさんがささやき返した。

「スーザン、」ピーターがささやいた。「きみはどう？　レイディーズ・ファーストだ。」

「なに言ってるの、いちばん年上は、あなたでしょ」と、スーザンがささやいた。

そして、当然ながら、こんなことをつづけていればいるほど、みんなますますぎこちない思いになった。そこでついにピーターが、自分がなんとかしなければならないと思いいたった。ピーターは剣を抜くと高くかかげて敬礼し、あわただしくみんなに言った。

「行くぞ。しゃんとしろ。」ピーターは、ライオンの前に歩み出て言った。「ただいま、まいりました、アスラン。」

「よく来た、ピーター、アダムの息子よ」と、アスラン。「よく来た、スーザンとルーシー、イブの娘たちよ。よく来た、おすビーバーとめすビーバー。」

その声は深くて朗々としていて、どういうわけかみんなをおちつかせた。みんな、ようやくうれしくて静かな心持ちになり、そこに立ってなにも言わないでいても、どぎまぎしなくなった。

「だが、四人めはどこだ？」アスランは、たずねた。

「みんなを裏切って、白の魔女の味方をしたんです、おお、アスランよ。」ビーバーさんが言うと、ピーターは思わず、こうつづけた。

「それはぼくのせいでもあるんです、アスラン。ぼくが弟をしかりつけたから、それでへんなふうになってしまったんです。」

アスランはピーターをゆるしも責めもせず、ただ大きな、まじろぎしない目で、じっとピーターを見つめて立っていた。なにも言うべきことはないのだと、みんなは感じた。

「どうか、アスラン」と、ルーシー。「エドマンドを救うために、なにかできませんか？」

「あらゆる手をつくそう」と、アスラン。「だが、思いのほか、むずかしいかもしれぬ。」

それからアスランは、またしばらくだまった。そのときまで、ルーシーは、アスランの顔はなんて威厳があって、強くて、おだやかなんだろうと思っていたが、今ふいに、悲しそうでもあるなと感じた。でもつぎの瞬間、その表情はすっかり消えていた。

ライオンはたてがみをふるって、前足と前足を打ちあわせて（「こわい足だわ」と、ルーシーは思った。「ベルベットみたいにやわらかくなっているからいいけれど！」）、それからこう言った。

「まずは、ごちそうのしたくだ。ご婦人がた、このイブの娘たちをテントにお連れし、お世話をなさい。」

女の子たちが立ち去ると、アスランはその前足を――ベルベットのようになっていても、とても重たい足だった――ピーターの肩に置いて言った。

「おいで、アダムの息子よ。きみが王となる城を遠くから見せてあげよう。」

そこでピーターは、抜き身の剣をにぎったまま、ライオンといっしょに丘の頂上の東のはしへ行った。すると、美しい光景が目に入ってきた。ちょうど太陽が背後でしずもうとしていた。つまり、下にひろがる国全体が――森から、丘から、谷から、銀色の蛇のようににょろにょろとのびていく大河の下流にいたるまで――夕焼けの光に照らされ、かがやいていたのだ。それらのむこう、何キロも先には海があり、海のむこうには空があって、ちょうど夕映えでバラ色に染まった雲がいっぱい浮かんでいた。そして、ナルニアの大地が海に出会うところ――つまり、大河の河口付近には――小さな丘の上でなにかが光っていた。それは、城だった。そう、ピーターのうしろにある夕日から差す光が、城の窓という窓にきらきらと反射していたのだ。ピーターには、大きな星がひとつ、海辺に浮かんでいるように見えた。

「あれこそが」と、アスラン。「四つの玉座があるケア・パラベルだ。その玉座のひとつにきみが王としてすわらねばならない。きみにあれを見せたのは、きみがいちばん年上で、ほかのみんなを従える最高の王となるからだ。」

やはりピーターは、なにも言わなかった。というのも、そのとき、ふしぎな音が突然、しじまをやぶったからだ。軍隊ラッパのようだったが、もっと深く美しい音だった。

「妹さんの角笛だ。」

アスランはピーターに低い声で言った。あまりに低かったので、ライオンをネコとくらべるのが失礼でなければ、ネコのようにごろごろとのどを鳴らしたのかと思えるほどだった。

しばらくのあいだ、ピーターには、わけがわからなかった。それでも、ほかの生き物たちがみんな前へ進んでいくのを目にし、アスランが前足をふって、「もどれ！王子に初めての手がらを立てさせてやれ」と言うのを聞いたとき、ようやく事態がのみこめて、全速力でテントへ駈《か》けつけた。おそろしい光景が目に飛びこんできた。

泉の精と木の精たちがあちらこちらへ逃げまどっていた。ルーシーは短い脚で、懸命にピーターのほうに駈けてきたが、その顔は紙のように真っ白だった。スーザン

は？　と見れば、一本の木を目指してダッシュして、木にとびついてぶらさがったが、なにやら大きな灰色の獣《けもの》に追われているではないか。はじめ、ピーターは、クマかなと思い、それからシェパード犬に似ていると思ったが、犬にしては大きすぎる。やっと、それはオオカミだとわかった。オオカミがうしろ足で立ち、前足で木の幹をひっかき、歯をむき出してうなっているのだ。背中の毛はすべて逆立っている。スーザンはふたつめの大きな枝までしか、のぼれていない。片足が、がぶりと食らいつこうとする歯の数センチ先にぶらさがっている。どうしてもっと高くのぼらないんだ、もっとしっかりと足をかけろとピーターは思ったが、スーザンが気を失いかけていることに気がついた。もし気を失ったら、落っこちてしまう。

　ピーターは、あまり勇敢な気持ちになれなかった。それどころか、気分が悪くなりそうだった。でも、やらねばならないことは、やらねばならない。ピーターは、まっすぐ怪物に突進し、そのわき腹めがけて剣をふるったが、空ぶりだった。オオカミには当たっていない。オオカミは、ものすごい勢いでふりかえり、燃える目をして口を大きくあけて、怒りのあまり、吠《ほ》えた。吠えずにいられないほど怒りくるっていなければ、きっとピーターののどにがぶりと嚙《か》みついていたことだろう。吠えてくれたので、ピーターにはひょいと身をしずめて、野獣の前足のあいだから心臓に達するまで、ぐさりと剣をつきさす時間があった。ただ、なにもかも、あっというまの出来事で、考える間もなかった。それから、まるで悪夢のような、おそろしい、混乱した瞬間がやってきた。剣をぐいぐい引っぱったのだが、オオカミは生きているのやら、死んでいるのやら、そのむき出しの歯がピーターの額《ひたい》にがつんと当たり、ピーターは血だらけ毛だらけで汗だくになって、なにがなにやらわからなかった。

しばらくして、ピーターは、怪物が横たわって死んでいることに気がついた。剣はもう抜けている。ピーターは背をのばし、顔や目から汗をぬぐった。もう、へとへとだった。

ややあって、スーザンが木からおりてきた。スーザンとピーターは顔を見あわせると、がくがくとうちふるえて、思わずたがいにキスをしたり泣いたりした。ナルニアではそういうことをしてもはずかしくはなかったのだ。

「急げ！　急げ！」アスランのさけび声がした。「半人半馬《ケンタウロス》よ！　ワシよ！　藪《やぶ》のなかにオオカミがもう一匹いるぞ。そこだ――うしろだ。今、飛び出していった。追え、みんな。やつは主人の魔女のところへ行くぞ。このチャンスをつかんで魔女を見つけ出し、四人めのアダムの息子を救え。」

だれよりも速い十二、三の生き物が、すぐにひづめをとどろかせ、つばさを打ち鳴らして、どんどん暗くなっていく闇のなかへ消えていった。

ピーターが、息切れしたままふりかえると、すぐ近くにアスランがいるのが見えた。

「剣をぬぐい忘れているぞ」と、アスランが言った。

そのとおりだった。きらめく刃《やいば》を見てみると、オオカミの毛や血でよごれている。ピーターは顔を赤らめた。身をかがめて、草で剣をきれいにぬぐい、上着でふいて、しめり気をすっかり取った。

「それをこちらにわたしてひざまずきなさい、アダムの息子よ」と、アスラン。

ピーターが剣をわたすと、アスランは刃の平たい部分でピーターの肩をたたいて、

「立て、オオカミ退治の騎士、サー・ピーターよ」と言って、ピーターを騎士にした。

それから、こう言った。

「なにがあろうと、剣をぬぐうのを忘れるな。」

第十三章

時のはじまりからある、深遠なる魔法

さて、話をエドマンドにもどそう。もう歩けないというエドマンドを無理やり追いたてて歩かせていた魔女は、とうとう、モミの木やイチイの木でおおわれた暗い谷で立ちどまった。エドマンドは、顔を地面につけ、うつむけにへたりこんで、このまま寝かしておいてくれさえすれば、どうなろうとかまわないとばかりに動かなくなった。もう、ふらふらで、おなかがすいてのどがかわいていることもわからないほどだった。魔女とこびとは、すぐ近くでひそひそと話している。

「いえいえ」と、こびと。「もうむだです、女王陛下。やつらは今ごろ石舞台に着いているはずです。」

「モーグリムが、においでわれらの居場所をつきとめ、知らせを届けてくれるかもしれぬ」と、魔女。

「であっても、よい知らせではないでしょう。」

「ケア・パラベルの四つの玉座が三つ埋まったところでどうというのだ？　それでは

予言は成就せぬ。」

「あいつが来たとあっては、そんな予言は問題ではありますまい？」と、こびと。まだ、アスランの名前を主人に言ってはならないと考えていたのだ。

「あいつは、いつまでもナルニアにはおるまい。あいつがいなくなったら――ケア・パラベルにいる三人をおそうのだ。」

「ですが、こいつは」と、エドマンドをけって、こびとが言った。「生かしておいて、取り引きしたほうがよさそうですね。」

「ほう！　それで、やつらに助け出させようというのか。」魔女は、ばかにしたようにこびとに言った。

「それなら、やるべきことを、さっさとやってしまったほうがようございましょう。」

「石舞台でやりたいところだ。あそこが正式な場所なのだ。これまでもずっとあそこでなされてきたことだ。」

「石舞台がその本来の使いかたをされるのは、ずっと先のことになりそうですね」と、こびと。

「そうだな」と、魔女は言い、「では、はじめるとしよう」とつづけた。

その瞬間、一匹のオオカミが、うなり声をあげながら、ふたりのもとに飛びこんできた。

「見つけました。あいつといっしょに、みんな石舞台にいます。長官モーグリムがやられました。私は、藪《やぶ》にかくれてすべて見ておりました。アダムの息子のひとりが、長官を殺したのです。逃げてください！　逃げて！」

「いや、逃げる必要はない」と、魔女は言った。「急いで行け。味方全員を呼びよせ、大至急私《わたくし》に会いにここへ来るように言え。巨人たち、オオカミ人間、われらの味方につく木の精たちを呼び出せ。死食鬼《グール》、化け物、人食い鬼、牛の頭をした怪物ミノタウロスを呼び出せ。残酷族、鬼婆《おにばば》、妖怪《ようかい》、毒キノコ界の連中を呼び出せ。戦うぞ。ふん！　私にはまだ魔法の杖《つえ》があるではないか？　やつらの軍勢など、やってくるなり、石に変えてやるわ。すぐに行け。そのあいだに、私にはここで少しすませておくことがある。」

大きな野獣は一礼すると、向きを変えて、走り去った。

「さてと！」と、魔女。「台がないから――ううむ。木の幹にしばるがよい。」

エドマンドは無理やり乱暴に引き起こされた。それからこびとが、エドマンドの背を木におしつけて、ぎゅっとしばった。魔女が上に着ていたマントをぬぐのが見えた。下から出てきた腕はむき出しで、ひどく真っ白だった。うっそうとしたこの谷はあまりに暗くてほとんどなにも見えないのに、その異様に白い腕だけは、闇のなかでくっきりと見えた。

「いけにえの準備をせよ」と、魔女は言った。こびとはエドマンドのえりのボタンをはずし、シャツを首のうしろでつかむと、ぐいと引きおろした。それからエドマンドの髪の毛をつかんで、あごがつき出るようにうしろに引っぱった。そのとき、エドマンドはふしぎな音を聞いた。シャッ、シャッ、シャッという音だ。なんなのか、しばらくわからなかったが、はっと思いあたった。ナイフを研ぐ音だ！

まさにその瞬間、あちらこちらから大きなさけび声が聞こえた。パッカパッカというひづめの音と、バタバタと空を打つつばさの音——魔女の悲鳴——あたりは騒然となった。しばらくしてエドマンドは、自分をしばっていた縄が解かれたのに気がついた。強い腕にだきかかえられ、あちこちから親切そうな大声がこう言うのが聞こえた——「横にしてやれ。」——「ワインを飲ませよう。」——「これを飲みなさい。」——「ゆっくり。」——「すぐによくなるから。」

そのうちに、エドマンドに話しかけているのではなく、たがいに話しあっているひとたちの声が聞こえてきた。「だれが魔女をやっつけた？」「きみだと思ったけど。」「魔女の手からナイフをたたき落としたあと、見失った——こびとを追いかけていたんだ——まさか、魔女に逃げられたんじゃないだろうな？」「——なにもかもいっぺんに気をつけてはいられないよ——それはなんだい？　ああ、ごめん、ただの古い切り株だ！」ちょうどそこで、エドマンドはふっと気を失ってしまった。

すぐに半人半馬《ケンタウロス》と一角獣《ユニコーン》と鹿と鳥たち（おわかりのように、前の章でアスランが送りこんだ救出部隊だ）は、エドマンドを運んで石舞台にもどるために出発した。だが、みんなが立ち去ったあとにこの谷で起こったことを見たとしたら、さぞかしおどろいたことだろう。

あたりはすっかり静まりかえり、月がこうこうと明るくなった。もし、そこにいたら、月明かりに照らされた古い木の切り株と、ずいぶん大きな岩とが、見えたことだろう。けれども、じっと見つづけていたら、その切り株と岩には少しへんなところがあるとだんだん気がついたはずだ。そのうち、この切り株は、まるで地面の上で丸くなっている太った小男におどろくほど似ていると思っただろう。さらに長いあいだ見つめていたら、切り株が大きな岩のところに歩いていって、話しかけるのが見えただろう。というのも、大きな岩と切り株は、実は魔女とこびとだったのだ。ものの姿を変えてしまうのは魔女の魔法であり、手からナイフをたたき落とされた瞬間、魔女には魔法を使うだけのおちつきがあったのだ。魔法の杖もしっかりにぎっていたから、杖も無事だった。

つぎの朝、エドマンド以外の子どもたちが目をさますと（テントのなかのクッションの山に寝ていた）、最初に耳に入ったのは、ビーバー夫人の声だった。弟のエドマンドが助かって、ゆうべおそくキャンプに運びこまれた、そして今はアスランのところにいる、と言う。三人は朝ごはんをすませるとすぐに出かけて、アスランとエドマンドがふたりきりで露にぬれた草の上を散歩しているのを目にした。アスランがなにを語っていたのか、だれにも聞こえなかったし、みなさんにお伝えしなくてもいいことだが、エドマンドにとっては決して忘れられない会話だった。

ほかのみんなが近づくと、アスランはふりかえって迎えて、エドマンドを引きあわせた。

「きみたちのきょうだいだ」と、アスラン。「そして――過ぎたことは言わなくてもよろしい。」

エドマンドはみんなと順番に握手をして、ひとりひとりに「ごめんなさい」と言った。みんなは「いいんだよ」と答えた。

それからみんなは、もうすっかり仲直りができたことがよくわかるようなことを、なにか――なにかふつうの自然なことを――言いたくてたまらなかったのだが、もちろん、なんて言っていいのかわからなかった。だが、それでぎこちなくなってしまうひまもなく、ヒョウがアスランのところへやってきて言った。

「陛下、敵の使者が面会を求めております。」

「通せ」と、アスラン。

ヒョウは立ち去り、すぐに魔女のこびとを連れてもどってきた。

「伝言はなんだ、大地の息子よ？」アスランはこびとにたずねた。

「ナルニアの女王にして、ローン諸島の女帝は、おまえにも女王にも利益となる事がらについて話すべく、女王自身がここへ来る際の身の安全の保障を求めておられる。」

「ナルニアの女王だと！」と、ビーバーさん。「よくも、いけしゃあしゃあと――」

「静まれ、ビーバー」と、アスラン。「あらゆる名前は、その正当なる持ち主のもとに、やがて返されよう。それまで議論はすまい。おまえの主人に伝えるがよい、大地の息子よ、魔法の杖をあの大きなオークの木のところに置いてくるなら、その身の安全を約束すると。」

　こびとはこれに同意し、二頭のヒョウがこびとにつきそって立ち去り、この条件がきちんと実行されるか見届けに行った。

「でも、魔女があの二頭のヒョウを石に変えちゃったらどうするの？」ルーシーがピーターにささやいた。同じことをヒョウたちも考えていたようだ。いずれにせよ、立ち去るとき、ヒョウたちの毛はすっかり逆立っていて、しっぽは――見知らぬ犬に出会ったネコみたいに――ピンとおっ立っていたのだ。

「だいじょうぶだよ。」ピーターは、ささやき返した。「でなきゃ、アスランが行かせるはずがないもの。」

　数分後、魔女その人が、丘の頂上に歩いてやってきて、アスランの前につかつかと歩み出た。これまで魔女を見たことがなかった三人の子どもたちは、その顔を見て背筋が凍りつく思いがした。そこにいた動物たちみんなから低いうなり声がもれた。明るく太陽が照っているのに、みんな、ふいに寒さを感じたのだ。すっかりおちついているように見えたのは、アスランと魔女その人だけだった。そのふたつの顔——黄金の顔と死んだように白い顔——がこんなに近くにあるのを見るのは、なんとも奇妙なことだった。と言っても、魔女はアスランの目をしっかり見すえていたわけではない。とりわけビーバー夫人は、そのことに気がついた。

「そこに裏切り者がいるぞ、アスラン」と、魔女は言った。

　もちろん、そこにいたみんなは、エドマンドのことを言っているのだとわかった。しかし、エドマンドは、これまでのひどい経験と今朝アスランと交わした会話のおかげで、自分勝手な考えは捨てていた。エドマンドは、アスランをじっと見つめつづけていた。魔女がなにを言おうと気にならないようすだった。

「どうかな」と、アスラン。「この子が悪いことをしたのは、おまえに対してではない。」

「深遠なる魔法のことを忘れたのか?」魔女がたずねた。

「忘れたということにしよう。」アスランは重々しく答えると、つづけた。「その深遠なる魔法のことをみんなに話してくれ。」

「話せだと？」そう言った魔女の声は急にかん高くなった。「すぐそこにある、その石舞台に書かれていることを話せだと？　秘密の丘のかたい石に深く深く彫りつけられた文字で書かれたことを話せだと？　海のかなたの皇帝の笏杖《しゃくじょう》に彫られたことを話せだと？　少なくともおまえは、ナルニアができたときに、皇帝がナルニアにかけた魔法のことを知っているはずだ。その魔法の掟《おきて》によって、どんな裏切り者も私《わたくし》のえじきとなり、一回の裏切り行為について、私にはひとり殺す権利がある、と。」

「へえ」と、ビーバーさん。「それで、自分が女王だと思いこんじまったってわけだ。皇帝の死刑執行人だもんな。」

「静まれ、ビーバー。」アスランは、とても低くうなりながら言った。

「だから、」魔女はつづけた。「その人間は私のものだ。その命は私のものだ。その血は私のものだ。」

「では、取りに来てみろ。」人の頭をした牡《お》牛《うし》が、とどろくような大声で言った。

魔女は、まるで犬が歯をむき出してうなるような、残酷そうな笑みを浮かべて言った。

「ばか者め。おまえらの主人が力ずくでわが権利をうばえるとでも思っているのか？　そいつは深遠なる魔法のことをもっとずっとよくわかっている。掟が定めるとおりに私に血があたえられなければ、ナルニアはひっくりかえり、火と水のなかでほろびるとわかっているのだ。」

「まさにそのとおりだ」と、アスラン。「否定はしない。」

「ねえ、アスラン！　どうにかならないのかしら――だって、まさか、そんなことないわよね？　その深遠なる魔法をどうにかできないの？　それをとめるために、なにかできないの？」スーザンがライオンの耳にささやいた。

「皇帝の魔法をとめるだと？」アスランは、こわい顔をしてスーザンをふりかえった。それで、もうその提案をする者はいなくなった。

アスランの反対側にいたエドマンドは、じっとアスランの顔を見つづけていた。胸がつまるような感じがして、なにか言わなければならないのではないかと思った。だが、しばらくして、自分はただ待って、言われたことをすべきだと思った。

「さがれ、みなの者」と、アスラン。「魔女とふたりだけで話をする。」

みんな、その言葉に従った。おそろしい待ち時間だった。ライオンと魔女がなにをひそひそと真剣に話しあっているのだろうと、みんな、やきもきした。ルーシーが「ああ、エドマンド！」と言って泣きだした。ピーターは、みんなに背をむけて、遠くの海をながめた。ビーバー夫妻は頭をたれたまま、たがいの両手を取りあった。半人半馬《ケンタウロス》は、いらいらと、ひづめをふみ鳴らした。しかし、最後にはみんな、しんとして、ミツバチがぶんぶんと飛んでも、下の森で鳥が鳴いても、風で葉がゆれても、どんな小さな音も聞き逃さないほど静まりかえったのだが、それでもアスランと白の魔女の話はつづいた。

　ついにアスランの声が聞こえてきた。

「みんな、もどってきてよろしい。決着はついた。魔女は、きみたちのきょうだいの血を要求することをあきらめた。」

　あたかも、じっと息をこらえていたみんながまた息をしはじめたかのような音が丘じゅうにひろがり、がやがやと話し声がした。

　魔女は、激しいよろこびの表情を浮かべて立ち去りかけて、立ちどまってこう言った。

「だが、この約束が守られるという保証はあるのか？」

「ガオーオゥー！」アスランが、玉座から立ちあがらんばかりになって、吼《ほ》えた。その大きな口はどんどん大きくなり、その吼え声もどんどん大きくなったので、口をぽかんとあけてしばらく見つめていた魔女は、スカートのすそを持ちあげると、命からがら、ほうほうの体で逃げていった。

第十四章

魔女の勝利

魔女がいなくなるとすぐに、アスランは言った。

「直ちにここから立ち去らねばならぬ。ここは、ほかの目的に使われる。今晩はベルーナの浅瀬で野営しよう。」

もちろんみんなは、魔女とどんな取り決めをしたのかアスランに聞いてみたくてしかたなかったが、アスランの表情はきびしく、その吼え声でまだ耳がじんじんとしていたので、だれひとり聞こうとする者はいなかった。

日ざしが強くなって草がかわいていたので、丘の頂上のテントの外で食事を取り、そのあとテントをたたんだり、荷造りをしたりと、しばらくいそがしくなった。午後二時になる前に、一同は北東を目指し、ゆるゆると行進をはじめた。ベルーナの浅瀬は、すぐそこだ。

旅のはじめのうちに、アスランはピーターに作戦を説明した。

「このあたりで魔女が仕事をおわらせしだい、魔女の一群は、まずまちがいなく魔女の館《やかた》にもどって、包囲戦の準備をするだろう。無理かもしれぬが、できれば魔女のじゃまをして館にもどらせないようにするのだ。」

　それから、戦いのふたつの作戦のあらましを話した。森で魔女の軍と戦う方法と、魔女の城を攻撃する方法だ。そのあいだ、どのように作戦を指揮するかピーターに教え、「半人半馬《ケンタウロス》をこれこれの場所に配置しろ」「魔女がしかじかのことをしていないか、だれかをやって、さぐらせろ」というように命じつづけるものだから、とうとうピーターは言った。

「でも、アスラン、あなたもいっしょにいらっしゃるんでしょう？」

「それはどうなるかわからん。」アスランは指示をつづけた。

　そのあとアスランはひとりきりで歩いていたが、そのようすを見かけたのは、スーザンとルーシーだった。アスランは、あまり口をきかず、さびしそうに見えた。

　谷底がひろがって、川幅がひろく、流れが浅くなっている場所まで来ても、まだ夕方になっていなかった。ここがベルーナの浅瀬だ。アスランは、川のこちら側の岸でとまれと合図した。けれども、ピーターが言った。

「むこう側でキャンプしたほうがよくありませんか。夜討ちをかけられるといけませんから。」

　ほかのことを考えていたらしいアスランは、そのりっぱなたてがみをぴくりとゆらして、眠りからさめたように言った。

「うん？　なんだって？」

そこでピーターは、さっきと同じことを、すっかり言い直した。

「いや。」アスランは、どうでもいいというような、つかれた声で言った。「いや。今宵、夜討ちはない。」それから、深いため息をついた。しかし、すぐにこう言いそえた。「だが、よくぞ思いついた。それこそ戦士の考えるべきことだ。だが、本当に気にせんでよい。」

そこで、みんなはテントを張りにかかった。

アスランの気分は、その晩みんなにうつった。ピーターは自分たちだけで戦うことを思うとおちつかなかったし、アスランがいないかもしれないという話はたいへんなショックだった。その晩の夕ごはんは、静かな食事だった。昨晩、いや今朝ともずいぶんちがうとだれもが感じていた。まるで、はじまったばかりのいい時代がもうおわろうとしているかのようだった。

その感じは、スーザンにも伝わって、床に入っても寝つけなかった。羊を数えたり、何度も寝返りを打ったりして横になっていると、ルーシーが長いため息をついて、暗闇のなか、すぐそばで寝返りを打つ音が聞こえた。

「あなたも、眠れないの？」と、スーザン。

「うん」と、ルーシー。「スーザン、寝てるのかと思った。ねえ！」

「なあに？」

「ものすごくこわいの。なにかがみんなの上におおいかぶさっているみたいな気がする。」

「そうなの？　実を言うと、私もよ。」

「アスランにね」と、ルーシー。「アスランになにかひどいことが起こるんじゃないかな。でなきゃ、アスランがなにかこわいことをするんじゃないかな。」

「今日の午後じゅうずっと、アスランはようすがおかしかったわ。ルーシー！　戦いのときにいっしょにいられないことについて、アスラン、なんて言ったんだっけ？　まさか、今晩こっそりぬけ出して、私たちを置いてけぼりにしたりしないわよね？」

「今、どこにいるのかな？」と、ルーシー。「このテントのなかかな？」

「ちがうと思うわ。」

「スーザン！　外に出てあたりを見てみようよ。会えるかもしれないよ。」

「そうね。そうしましょう」と、スーザン。「ここで目をさましたまま横になっているより、そうしたほうがいいわね。」

　そうっと、そうっと、ふたりの女の子は、眠っているひとたちのあいだを手探りで進み、テントから外へ這《は》い出した。月が明るく、川のせせらぎが石にあたる音以外、なにもかもとても静かだった。突然、スーザンがルーシーの腕を取って言った。

「見て！」

キャンプの遠くのはし、ちょうど木々が生えはじめているところで、アスランがのっそりと森のなかへ入っていくのが見えた。ひとことも言わずに、ふたりはあとをつけた。

アスランは谷の川からはなれて、急な坂道をのぼり、少し右にそれていった。今日の午後、石舞台がある丘からおりてきた、まさにその道だ。どんどんとアスランは、ふたりの前を歩いていく。木かげに入ったり、青白い月光のなかに出たりして進むアスランを、ふたりは露でしっとりと足をぬらしながら追った。いつものアスランとは、どこかようすがちがっていた。しっぽと頭を低くたれて、ひどくつかれているかのように、のっそりと歩いていた。やがて、身のかくしようのない広い空き地へ出たところで、アスランは立ちどまってあたりを見まわした。今さら逃げかくれしてもしかたなかったので、ふたりはアスランのところへやってきた。近くまで来るとアスランが言った。

「ああ、子どもたち、子どもたち、なぜあとをついてきた？」

「眠れなかったの」と、ルーシーが言った。そして、それ以上言わなくても、アスランはふたりの考えていることをわかってくれると感じた。

「お願いです。いっしょに行ってもいいですか。どちらへいらっしゃるにせよ。」スーザンがたずねた。

「うむ――」と、アスランは考えているようすだった。それから、こうつづけた。「今晩は連れがいてくれるとうれしい。そうだな。私が命じたときにとまって、そのあとは私ひとりで行かせてくれると約束するなら、来てもよろしい。」

「ああ、ありがとう、ありがとう。ついていきます」と、スーザンとルーシーは言った。

一同はふたたび前進し、ふたりはそれぞれアスランの両わきについて歩いた。だが、なんてゆっくり歩くことだろう！　堂々とした大きな頭はがっくりとうつむいて、鼻が草にさわらんばかりだ。そのうちにアスランはつまずいて、低いうめき声をあげた。

「アスラン！　アスラン！　アスランったら！」と、ルーシー。「どうしたの？　教えて？」

「具合が悪いの、アスラン？」と、スーザン。

「いや」と、アスラン。「悲しくて心細いのだよ。たてがみに手を置いてくれ。きみたちがいっしょだと感じられるように。そうやって歩いていこう。」

そこでふたりは、ゆるしがなければこわくて決してできなかったけれど、初めて会ったときからずっとやってみたくてたまらなかったことをやった。美しい毛の海に冷たい両手をふかぶかとうずめて、毛並みをなでたのだ。そうしながら、いっしょに歩いていった。やがて、石舞台がある丘の坂道をあがっていることに気づいた。ずっと上まで木が生えている斜面をのぼり、最後の木まで来たところ（あたりにしげみがある木だ）で、アスランは立ちどまって言った。

「ああ、子どもたち、子どもたち。きみたちはここまでだ。どんなことがあっても、姿を見せてはならないよ。さようなら。」

　すると、ふたりの女の子は（どうしてだかわからないまま）とても激しく泣いて、アスランにしがみつき、あちこちにキスをした。たてがみにも、鼻にも、前足にも、大きな悲しそうな目にも。

　それからアスランは、ふたりに背をむけて、丘の頂上へ歩いていった。ルーシーとスーザンはしげみのなかにしゃがんで、アスランのうしろ姿を見おくったが、ふたりが目にしたのは、つぎのようなことだった。

　石舞台のまわりにたくさんの人だかりがしていて、月が照っているにもかかわらず、多くの生き物が不吉に赤く燃えて黒い煙をたてるたいまつをかかげていた。それにしてもまあ、なんという連中だろう！　おそろしい牙《きば》をした人食い鬼、オオカミども、牛の頭をした男たち、悪い木の精、毒をもつ植物の精がおり、そのほかの生き物のようすはあまりにこわくてお伝えできない。そのようすを書いたりしたら、きっと大人たちはこんなこわい本を読んではいけないと言うことだろう――毛の生えた残酷族、鬼婆《おにばば》、夢魔、吸霊魔、真っ黒な恐怖族、強力な風の精イフリート、いたずら小鬼、ちっぽけで鼻のとんがった天邪鬼《あまのじゃく》オークニー、大きな毛むくじゃらのウーズ、双頭の巨人エティンといった連中ばかりなのだから。実際のところ、魔女の味方全員が、オオカミから魔女の命令を聞いて集まっていたのだ。そのまんなか、石舞台の近くに、魔女その人が立っていた。

　大きなライオンがのっしのっしと近づいてくるのを見ると、化け物たちは吼《ほ》え、おじけづいたような、わけのわからぬさけびをあげた。最初は、魔女でさえ、おそれおののいたように見えた。それから魔女は、気を取り直して、けたたましい笑い声をあげた。

「ばか者め！」魔女はさけんだ。「ばか者が来たわ。しばりあげろ。」

　ルーシーとスーザンは息を殺して、アスランが吼えて、敵におそいかかるのを待った。しかし、そうはならなかった。四人の鬼婆が、にやにやして意地の悪い目つきをして、それでも（最初のうちは）へっぴりごしで、ちゃんとしばれるかびくびくしながら、アスランに近づいてきた。

「しばれと言うに！」白の魔女がくりかえした。

　鬼婆どもは、アスランにおどりかかり、一切抵抗をしないとわかると、勝利のさけびをあげた。それから、悪いこびとやサルどもといったほかの者たちが走りよって手を貸し、よってたかって大きなライオンをあおむけにひっくりかえして、四本の足をひとつにしばりあげ、まるで、なにか勇ましいことでもしでかしたかのようにさけんだり、歓声をあげたりした。もしアスランがその気になりさえすれば、前足一本でみんなを打ち殺してしまうことだってできたのだ。ところがアスランは、ぎゅうぎゅうとしばりあげられ、縄が体に食いこんでも、声ひとつあげなかった。一同は、アスランを石舞台のほうへ引きずっていこうとした。

「待て！」と、魔女。「まず、毛を刈ってしまえ。」

　人食い鬼が、大ばさみを持って前に出てきて、アスランの頭のそばにしゃがみこむと、どっと、いやらしい笑い声がどよめきとなって起こった。チョキ、チョキ、チョキと大ばさみが動き、どさっと黄金の巻き毛が地面に落ちた。それから、人食い鬼がうしろにさがると、かくれ場所から見守っていた女の子たちには、たてがみがなくなったアスランの顔がずいぶん小さく変わったように見えた。敵にもまた、それがわかったようだ。

「しょせんは、でっかいネコじゃねえか！」だれかが、さけんだ。

「こんなものを、おれたちはこわがっていたのか？」と、別の者。

　それから一同は、アスランをばかにして、まわりにむらがって、「ネコちゃん、ネコちゃん！　あーら、かわいそうに。」「今日はなん匹、ネズミをつかまえた？」「ミルクを飲むかい、にゃんこちゃん？」などと、はやしたてた。

「なんてことを。けだものだわ。けだもの！」ルーシーは、涙をぼろぼろこぼしながら言った。

　でも、最初のショックがすぎると、アスランのさっぱりとした顔は、以前よりももっと勇ましく、もっと美しく、もっとがまん強いように、ルーシーには見えた。

「口輪をはめろ！」と、魔女がさけんだ。

　連中が口輪をはめようとしているそのときでさえ、アスランががぶりとひと噛《か》みすれば、二、三人の手はなくなっていたことだろう。でも、アスランはなにもしなかった。それで、いよいよ、連中は調子づいたようだ。今や、だれもかれもがアスランに手を出していた。アスランがしばりあげられたあとも近づくのをこわがっていた者たちでさえ、強気になって、わっとアスランにむらがったものだから、しばらくは、ふたりの女の子たちからアスランが見えなくなるほどだった。それほど大勢で、よってたかってアスランをけったり、なぐったり、つばをはきかけたり、からかったりしたのだった。

　ついに、暴徒たちは思う存分やることをやって、しばられて口輪をはめられたライオンを引っぱったり押したりしながら、石舞台のところへ引きずっていった。あまりに大きかったので、その場所に着いてからも、石舞台の上にあげるのが一苦労だった。

上にあげると、もっと縄をかけ、きつくしばりあげた。

「ひきょう者！　ひきょう者！」スーザンは泣いた。「あんなにしてまで、まだアスランがこわいの？」

　平たい石の上にアスランがしばりつけられると（がんじがらめで、縄だらけになっていた）、一同はしんと静まりかえった。四人の鬼婆が、四本のたいまつをかかげて、石舞台の四すみに立った。魔女は、昨晩アスランではなくエドマンドにナイフをふるおうとしたときにむき出しにしたあの腕を、またむき出して見せた。それからナイフを研ぎはじめた。たいまつの光がナイフにあたると、まるでその刃《やいば》が鋼鉄ではなく石でできているかのように女の子たちには見えた。それは、見たこともない邪悪な形をしていた。

　いよいよ魔女が近よってきた。アスランの頭の横に立つ。魔女の顔は興奮してぴくぴく引きつっていたが、じっと空を見あげたままのアスランの顔は、相変わらずおだやかで、怒るでもおそれるでもなく、ただ少し悲しそうだった。それから、魔女は、一撃を加える直前に、かがみこんで、ふるえる声で言った。

「さあ、勝ったのは、だれだ？　ばか者め、こんなことで、人間の裏切り者を救えるとでも思ったのか？　さあ、約束どおり、あいつのかわりに、おまえを殺してやる。それで、深遠なる魔法はおさまるわけだ。だが、おまえが死んだら、だれが私のじゃまをする？　あいつを殺すじゃまはなくなるのだ。だれが、この手から、あいつを救い出す？　おまえは、私にナルニアを永遠にあたえたのだ。おまえはその命を失い、しかもやつの命を救えない。そう知って、絶望して死ね。」

　スーザンとルーシーは、殺しの瞬間そのものを見なかった。とても見るにしのびなく、目をおおってしまったのだ。

第十五章

時がはじまる前の、もっと深遠なる魔法

ふたりの女の子が手で顔をおおって、しげみのなかでまだしゃがんでいるときに、魔女がさけぶ声が聞こえた。

「さあ！　みんな、ついてくるがよい。戦《いくさ》のかたをつけるぞ！　大ばか者のあの大ネコが死んだ今となっては、人間という害虫や裏切り者どもをひねりつぶすのに手間はかからぬ。」

このとき、女の子たちは、ほんのしばらくのあいだ、たいへん危険な状態にあった。というのも、この胸の悪くなるような化け物の群れが、けたたましいさけび声をあげ、ピーという笛や、かん高い音の角笛を鳴らしながら、丘の頂上からどっとおりてきて、ふたりのかくれている場所を通りすぎて坂を駈《か》けおりていったからだ。妖怪《ようかい》が冷たい風のようにそばを通りすぎていったのが感じられたし、牛男《ミノタウロス》どものパッカパッカと走る足の下で地面がゆれるのも感じられた。頭の上では、けがらわしいつばさが突風を起こし、ハゲワシや巨大なコウモリが空を真っ黒にして通った。ほかのときだったら、

スーザンとルーシーはこわくてぶるぶるふるえただろうが、今は悲しいのと、くやしいのと、アスランが死んだおそろしさとで、心がいっぱいになっていて、危険だとは、あまり思わなかった。

森がふたたびしーんと静まるとすぐに、ふたりは丘の頂上の原っぱへと、這《は》い出していった。月は低くなっていて、うすい雲がその前を流れていたが、しばられたアスランが死んで横たわっている姿は見えた。ふたりとも、ぬれた草にひざまずいて、アスランの冷たい顔にキスをし、まだ残っていた美しい毛並みをなでて、もうこれ以上泣けないというくらいに泣いた。それからたがいを見て、ただただださびしくてたがいの手を取り、また泣いた。そのあと、また、だまってしまった。とうとう、ルーシーが言った。

「あのひどい口輪、見てられない。はずせないかな？」

ふたりはやってみた。手がかじかんでいたし、今は夜のなかでもいちばん暗い時刻だったので、なかなかうまくいかなかった。あれこれやったあげく、ようやく口輪がはずれた顔を見ると、ふたりはまた泣きだしてしまい、その顔にキスをし、なでて、できるかぎり血や泡をふきとってあげた。言葉にできないほど、さびしく、切なく、おそろしい顔だった。

「縄も、はずしてあげられるかしら？」

すぐにスーザンが言った。でも、敵どもは、ただひたすら苦しめるためだけに、ぎゅうぎゅう、縄をしめつけていたので、女の子たちには結び目をどうしてもほどくことができなかった。

この本を読んでいるみなさんには、あの夜のスーザンとルーシーほど、みじめになってほしくないが、もしみなさんがそんな気持ちになって――一晩じゅう眠らずに、涙が枯れるまで泣きとおしたりしたら――最後にはある種の静けさがやってくるものだとわかるだろう。もう、なにも起こりはしないという気になるのだ。少なくとも、このふたりには、そんな気がしていた。この死んだような静けさのなかで、何時間も何時間もすぎていったように感じられ、自分たちがどんどん冷えていることにも気がつかなかった。しかし、ついにルーシーがふたつのことに気がついた。ひとつは、丘の東側の空が一時間前よりも少し明るくなってきたということ。もうひとつは、足もとの草になにか小さな動くものがいるということだ。最初は、気にもとめていなかった。そんなことがなんだというのだろう？　もう今となっては、なにもかも、どうでもいいのだ！　でも、そんなルーシーにも、とうとう、それがなんであれ、石舞台の脚をあがってきていることがわかった。そして今や、アスランの体の上をうごめいているのだ。ルーシーは顔を近づけて、よく見てみた。それは、小さな灰色をしているものだった。

石舞台の反対側で、「きゃあ！　いやだぁ！　気持ち悪い小さなネズミがアスランの体じゅうを這いまわっているわ。あっちへ行け、こら」と、スーザンが、手をあげて追いはらおうとした。

「待って！」じっと見ていたルーシーが言った。「ネズミたちがなにしてるか、わかる？」

ふたりの女の子は、身をかがめて見つめた。

「ええ」と、スーザン。「でも、へんね！　縄を食いちぎってるなんて！」

「やっぱり」と、ルーシー。「味方のネズミさんなんだよ。かわいそうに。アスランが死んだってわからないんだね。縄をほどいてあげたほうがいいって思ってるのね。」

もう、ずいぶん明るくなってきていた。ふたりの女の子は、どちらも初めて、たがいの白い顔に気づいた。ネズミが縄をかじっているのも見えた。何十匹、いや何百匹という野ネズミだ。そして、一本、また一本と、縄はとうとう、すっかりかじり切られた。

東の空が白んで、星々がかすんでいった――東の水平線のすぐ上に低くかかった特別大きな星だけが、かがやいていた。明けの明星《みょうじょう》だ。夜じゅう寒かったけれど、さらにぐっと冷えこんできた。ネズミたちは、ちょろちょろと走り去っていった。

女の子たちは、噛《か》み切られた縄の残りをかたづけた。縄が取れたアスランは、いつものアスランらしく見えた。刻一刻と明るさが増して、はっきりと見えるようになればなるほど、その死んだ顔は、より気高く見えた。

裏の森で、小鳥がクックッと鳴いた。何時間も何時間も静かだったので、ふたりはびくっとした。すると、別の鳥がそれに応《こた》えた。やがて、いたるところで鳥たちが鳴きだした。

もう、すっかり夜が明けて、早朝となっていたのだった。

「寒い」と、ルーシー。

「私もよ。少し歩こうか」と、スーザン。

ふたりは丘の東のはしまで歩いて、下を見おろした。大きな明けの明星は、ほとんど消えかかっていた。国じゅうがどんより暗く見えたが、遠くのほう、ナルニアの大地の果てにある海は、青白く見えた。しだいに空がうっすらと赤らんできた。ふたりは温まろうとして、死んだアスランと東の峰のあいだを、幾度となく行き来した。そのせいで、まあ、なんと足がつかれてしまったことだろう。とうとう、ふたりは歩みをとめて、海のほうをながめながら、たたずんだ。そして、ちょうどケア・パラベルの城があるのがわかったとき、海と空が出会う線に沿って赤が黄金色に変わっていき、とてもゆっくりと太陽のはしが見えてきた。その瞬間、うしろのほうから大きな音が聞こえた――巨人が巨大な皿を割ったかのような、耳をつんざく、バキッバキッというものすごい音だ。

「なんなの？」ルーシーがスーザンの腕にすがりついて言った。

「こ、こわくてうしろをむけないわ」と、スーザン。「なにかひどいことが起こっているのよ。」

「やつら、アスランになにかもっとひどいことをしているんだわ」と、ルーシー。

「さ、見るわよ！」そう言うとルーシーは、スーザンを引っぱって、くるりとふりかえった。

　日の出によって、なにもかも変わって見えた――あらゆる色合いがちがって見え、かげも消えていたので、しばらくはたいへんなことが起こったのだとわからなかった。

やがて、はっと気づいた。石舞台が、はしからはしまでまっぷたつに割れているではないか。しかも、アスランの姿がない。

「ええっ！」

　ふたりの女の子は、石舞台に駆けもどりながらさけんだ。

「ああ、ひどい。亡骸《なきがら》は、放っておいてくれてもよかったのに。」ルーシーはすすり泣いた。

「だれの仕業？　どういうこと？　魔法なの？」スーザンがさけんだ。

「そうだ！」うしろから大声がした。「さらなる魔法だ。」

ふたりはあたりを見た。そこには、朝日を浴びて、これまで以上に大きく見えるアスランが、たてがみをゆらして（たてがみは、また生えそろっていた）すっくと立っていた。

「あっ、アスラン！」

ふたりともさけんで、うれしいのと同じくらいこわい気持ちになって、アスランをじっと見あげた。

「じゃあ、死んだんじゃなかったの、アスラン？」と、ルーシー。

「今は死んでいない」と、アスラン。

「まさか――まさか――ゆー……？」

スーザンは、ふるえる声でたずねた。「幽霊」という言葉が言えなかったのだ。アスランは黄金の頭をさげて、スーザンのおでこをなめた。その息の温かさと、アスランの毛特有のこってりとした感じのにおいが、スーザンを包みこんだ。

「幽霊に見えるかな？」と、アスラン。

「わあ、本物だ。本物だわ！　ああ、アスラン！」

ルーシーがさけび、ふたりの女の子はアスランにだきつき、キスをしまくった。

「でも、どういうことなの？」少しおちついてから、スーザンがたずねた。

「つまり、」と、アスラン。「魔女は深遠なる魔法を知ってはいたが、魔女の知らないもっと古い、もっと深遠な魔法があったのだ。魔女が知っていたのは、時のはじまりまでだ。ところが、もっと先までさかのぼって、時がはじまるより以前の静けさと暗さまで見とおすことができたとしたら、そこにちがった魔法が読みとれたはずだ。裏切りをしたことがない者が自ら進んで犠牲となり、裏切り者のかわりに死ねば、石舞台は割れ、死それ自体がくつがえされるということがわかっただろう。さあ、これで――」

「すてき。これで、なあに？」ルーシーはとびあがって、手をたたきながら言った。

「ああ、子どもたち」と、アスラン。「力がもどってきているのを感じるんだ。さあ、子どもたち、つかまえられるなら、私をつかまえてごらん。」

　アスランは、ほんのしばらく、とても明るい目をして、手足をふるわせ、しっぽを体に打ちつけるようにふりながら立っていたが、突然ふたりの頭の上を高くとびこえ、石舞台の反対側に着地した。ルーシーはわけもわからず笑いながら、石舞台によじのぼってアスランをつかまえようとした。アスランはふたたびジャンプした。ものすごい追いかけっこがはじまった。アスランはふたりに追いかけられて、ぐるぐると丘の上を走りまわり、うんと引きはなしたかと思えば、もう少しでしっぽにさわれそうなところで身をかわしたり、ふたりのあいだをすりぬけたり、大きくて美しくベルベットのようにやわらかい前足でふたりを空中に放り投げては受けとめたりした。そして、いきなり立ちどまるものだから、みんないっしょにもんどりうって、毛や腕や脚がごちゃまぜになって、楽しく大笑いした。ナルニア以外ではだれも経験したことのないようなおふざけだった。アスランと遊ぶのは、かみなりと遊ぶ感じに近いのか、小さな子ネコと遊ぶ感じに近いのか、ルーシーにはわからなかった。おかしかったのは、とうとうみんなが息を切らしながらいっしょに横になって日光を浴びていると、ふたりの女の子にはもう、つかれたとか、おなかがすいたとか、のどがかわいたとか、ちっとも感じられなくなっていたということだ。

「さて。」やがてアスランが言った。「仕事にもどろう。私は、吼《ほ》えたい気分だ。きみたちは、指で耳をふさいでいたほうがよかろう。」

ふたりは言われたとおりにした。アスランは立ちあがって、吼えるために口をあけると、その顔はあまりにおそろしくなったので、ふたりには見ていられなかった。ふたりが見たのは、アスランの前にあった木々が、牧場の草が風になびくように、吼え声の勢いでしなったことだった。吼えおわってから、アスランが言った。

「これから長い旅になる。私に乗りなさい。」

アスランがうずくまってくれたので、女の子たちは、アスランの温かい金色の背中にのぼり、スーザンが前になってそのたてがみにしっかりしがみつき、ルーシーはうしろでスーザンにしっかりしがみついた。アスランが、ぐいっと立ちあがると、ふたりは大波に乗るように高く持ちあがった。それからアスランは、どんな馬よりも速く飛び出して、丘をくだり、深い森へと入っていった。

アスランに乗るなんて、きっとナルニアでふたりに起こった最高にすばらしいことだっただろう。みなさんは、全速力で走る馬に乗ったことがあるだろうか？　ちょっと想像してみてほしい。パッカパッカという重たいひづめの音や、馬が口につけている道具がチャラチャラと鳴る音のかわりに、ほとんど音のしない大きな前足がタッタッと進むのだ。そして、馬の黒や灰色や栗毛の背中のかわりに、やわらかくふかふかの黄金の毛並みと、風でうしろになびくたてがみを想像してみてほしい。それから、最速の競走馬の二倍ぐらいの速さで進んでいると思ってみてほしい。そのうえ、ただ乗っていればよくて、道案内もいらなければ、つかれることもないのだ。

アスランは、どんどんと駈《か》けてゆき、足をふみはずすこともなければ、ためらうこともなく、木の幹のあいだをみごとにすいすいとぬって進み、しげみやイバラや小川を飛びこし、大きな川は歩いてわたり、もっと大きな川は泳いでいった。しかも、進んでいくのは、道路でも公園でもなく、なだらかな草地でもない。駈けぬけていったのは、まさに春のナルニアだった。おごそかなブナの林をぬけ、オークの木にかこまれた日当たりのいい空き地を横切り、真っ白な桜の花咲く野生の果樹園をぬけ、とどろく滝をすぎ、コケの生えた岩場をすぎ、こだまがひびくほら穴をすぎ、一面のハリエニシダがかがやく風のふく坂道をのぼり、ヒースの生いしげる山の肩をこえ、目のくらむような絶壁に沿って進み、それからジャングルのような谷深くへどんどん、どんどん、どんどんおりていって、青い花々のさく草原のある谷間に出た。

　さらに走りつづけて、陽が高くなったころには、急な斜面から城を見おろすところまで来ていた。城は、遠くから見ると、まるでとんがった塔だらけの小さなおもちゃのようだった。だが、アスランがものすごい速さで駆けおりていったので、刻一刻と城は大きくなり、気がついたときには、もう城と同じ高さまでおりていた。そうなると、城はもはやおもちゃではなく、いかめしく目の前にそびえたっていた。城壁の上からこちらを見る者はなく、門はぴたりと閉ざされていた。それでも、アスランは、少しもスピードを落とすことなく、弾丸のように城にまっすぐつっこんでいった。

「魔女のすみかだ！　さあ、子どもたち、しっかりつかまっていなさい。」

　つぎの瞬間、世界じゅうがひっくりかえったようになり、子どもたちはまるで自分たちの体の中身を置いてきてしまったように感じた。というのも、アスランがこれまでにないほどの大きなジャンプをするために、一瞬身がまえてから、飛びあがったのだった――そう、あたかも空を飛ぶように――城の壁の上をひらりと。

　スーザンとルーシーが、息を切らしながらも、けがひとつなく、アスランの背中からどうところがり落ちたのは、石がしきつめられた大きな庭のまんなかだった。あたりには、像がいっぱい立っていた。

第十六章

石像に起こったこと

「なんてとこかしら！」ルーシーがさけんだ。「この石の動物たち――人もいるわ！　まるで――まるで博物館みたい。」

「しっ」と、スーザン。「アスランがなにかしてるわ。」

そのとおりだった。アスランは石のライオンのところへさっと飛んでいくと、息を吹きかけた。それから、少しも待たずに――さながら自分のしっぽを追いかけるネコのように――すばやく動きまわり、石のこびとにも息を吹きかけた。

みなさんも覚えているだろう。ライオンから少しはなれたところに、背をむけて立っていた像だ。

つぎにアスランは、こびとのむこうで石になっている背の高い木の精に飛びかかり、ぱっと横をむいて右側の石のウサギに息をかけ、二頭の半人半馬《ケンタウロス》のほうへ急いだ。そのとき、ルーシーが言った。

「ねえ、スーザン！　ほら！　あのライオンを見て。」

　みなさんのなかには、火のない暖炉に新聞紙のきれはしを置いて、マッチで火をつけるのを見たことがある人もいるだろう。火がついた一瞬は、なにも起こっていないように見えるのだが、やがて新聞紙のはしに小さな炎の筋がすうっと走る。それと同じで、アスランが石のライオンに息を吹きかけたときはなにも変わらないように見えたのだが、やがて小さな金色の筋が白い大理石の背中にすうっと走りはじめ——ぱっとひろがると——ちょうど炎が紙切れをなめつくすように、ライオンの体じゅうをなめつくして全身が金色になった。そのうちに、うしろ半分はまだどう見ても石なのに、そのライオンがたてがみをふるうと、重たい石のひだが波のようにゆれて生きた毛となった。それから、ライオンは、温かい息をする大きな赤い口をあけ、ものすごいのびをした。このころには、うしろ足も生きかえっていて、ライオンは片方のうしろ足をあげて体をかいた。そうして、アスランに目をとめると、走って追いかけ、そのまわりでじゃれつき、うれしがって鼻を鳴らし、とびあがってアスランの顔をなめた。

　もちろん、女の子たちの目は、そのライオンをじっと追っていた。でも、あたりの光景があまりにすばらしかったので、やがてそのライオンのことも忘れてしまった。あちこちで像が生きかえっていたのだ。中庭は、もはや博物館のようではなかった。むしろ動物園のようだった。動物たちがアスランのあとを追いかけ、まわりを取りかこんで踊りまわるので、アスランが見えなくなるほどだった。あの死んだような白さのかわりに、中庭には燃え立つような色がたくさんあった。半人半馬《ケンタウロス》のおなかのぴかぴかした栗色、一角獣《ユニコーン》の角《つの》の藍色《あいいろ》、鳥たちの羽の目のくらむような極彩色、キツネや犬やサテュロスの赤茶色、こびとの靴下の黄色と帽子の真っ赤。カバノキの木の精は銀色だったし、ブナの木の精はあざやかな、すきとおるような緑色で、カラマツの精は明るすぎて黄色にも見える緑色をしていた。そして、死んだような沈黙のかわりに、中庭じゅうに、しあわせそうな、メーメー、キャンキャン、ワンワン、キーキー、クークー、ヒヒーンといった鳴き声がひびいており、足をふみならしたり、さけんだり、歓声をあげたり、歌ったり笑ったりで、たいへんなさわぎとなった。

「あらら。」スーザンの声色が変わった。「見て！　あれって――だいじょうぶかしら？」

　ルーシーがそちらのほうを見ると、アスランが、ちょうど石の巨人の足もとに息を吹きかけているところだった。

「だいじょうぶだよ！」アスランが楽しそうに言った。「足がもとにもどれば、そのほかもすっかりもどるさ。」

「そういうことを言ったんじゃないんだけど」と、スーザンはルーシーに耳打ちした。

でも、アスランがスーザンの言うことを聞いたとしても、もう今となっては手おくれだった。巨人の足からどんどん変化が上のほうにつたわっていた。今はもう、巨人は足を動かしている。一分後、肩からこん棒をおろして、目をこすって言った。

「なんてこった！　眠っちまったらしい。さあて。地面をちょろちょろ走りまわっていた、あのいまいましい小さな魔女はどこだ。足もとにいたんだが。」

　でも、本当はなにが起こったのかをみんなが下からさけんで教えてあげると、巨人は耳に手を当ててもう一度聞き直して理解し、アスランに深々と頭をさげた。あまり低くさげるものだから、頭が干し草の山につきそうなぐらいだった。そして巨人は、何度も帽子に手をやって、その正直そうな、ごつい顔いっぱいに笑みを浮かべた。

（巨人というのは、今ではあまり見かけないし、機嫌のよい巨人というのはかなりめずらしいので、みなさんはきっと満面の笑みを浮かべた巨人なんて見たことがないだろう。一見の価値ありだ。）

「さあ、館《やかた》のなかに入るぞ！」と、アスラン。「しっかりやれよ、みんな。♪二階も一階も♪奥方さまの部屋も♪だ！」

　アスランはみんなの知っているマザーグースの一節を歌った。

「すみずみまで調べろ。どこにかわいそうな囚《とら》われ人《びと》がかくされているか、わかったものではない。」

　そうしてみんなはどっとなかに押し入って、数分間は、あの暗くてひどい、息のつまるような古い城じゅうに、窓があく音やたがいに呼びあう声がひびきわたった。

「地下牢《ちかろう》を忘れるな——このドアをあけるのに手を貸してくれ！——ここにも小さならせん階段があるぞ——おっと！　ここにかわいそうなカンガルーがいる。アスランを呼べ——ふぅー！　ここはなんてにおいだ——落とし戸に気をつけろ——ここだ！この階段の踊り場にまたどっさりいるぞ！」

しかし、なによりすばらしかったのは、ルーシーがさけびながら二階に駈《か》けあがってきたときだ。

「アスラン！　アスラン！　タムナスさんを見つけたわ。ねえ、すぐに来て。」

一分後、ルーシーと小さなフォーンは、たがいの両手を取りあって大よろこびでぐるぐると踊りまわった。この小さなフォーンは、像になっていたからといって少しも弱っておらず、もちろんルーシーの話を夢中で聞いた。

しかし、とうとう、魔女の城の家捜しはおわった。城じゅう、がらんとして、すべてのドアや窓があけはなたれ、光とかぐわしい春の空気が、それをひどく必要としていた暗く禍々《まがまが》しい場所にあふれるように流れこんだ。像だったのが動けるようになった者たちの集団は、また中庭にもどってきた。そのときだ、だれか（タムナスさんだろう）がこう言ったのは——

「でも、どうやって出るの？」

というのも、アスランは城壁を飛びこえて入ってきたので、門にはまだ、鍵《かぎ》がかかっていたからだ。

「だいじょうぶだ」と、アスランは言った。そして、うしろ足で立ちあがると、さっきの巨人に大声で吼《ほ》えた。

「おおい！　そこの背の高いきみ。きみの名前は？」

「ジャイアント・ゴロゴロバフィンと申します、閣下。」巨人は、もう一度帽子に手をあてて言った。

「では、ジャイアント・ゴロゴロバフィンくん」と、アスラン。「ここからわれわれを出してくれるかな？」

「おやすいごようでさ、閣下」と、ジャイアント・ゴロゴロバフィンは言った。「門からずっとさがっててくださいよ、ちっこいみなさん。」

　それから、巨人は門のところへのっしのっしと歩いていって――バン――バン――バン――と大きなこん棒をふりおろした。門は最初の一撃できしみ、二度めで割れて、三度めでばらばらになった。つぎに巨人が左右の塔にしがみついて、しばらくバシン、ドスンとやるうちに、左右の塔も、それにつづく両側の城壁のかなりの部分も、ガラガラガッシャーンとくずれて、こなごなのがれきの山になった。砂ぼこりがおさまってから、がれきだらけのそっけない石の中庭に立って、門の割れ目から外のすがすがしい景色を見ることになったのはなんだかへんな感じだった。門の外には、草原、風にそよぐ木々、きらきら流れる森の小川があって、そのむこうに青い山がつづき、さらにそのむこうに大空がひろがっていた。

「うへえ、なんてひでえ汗だ。運動不足のせいだ。若いご婦人のどなたか、ハンカチをお持ちじゃないかな？」巨人は、世界一大きな汽車のようにシュポーと息を吐き出しながら言った。

「ええ、持ってるわ。」ルーシーは、つま先立って、できるだけ高くハンカチをかかげた。

「ありがとう、おじょうちゃん。」ジャイアント・ゴロゴロバフィンは身をかがめた。つぎの瞬間、ルーシーは巨人の人さし指と親指でつままれて空中に持ちあげられたので、かなりこわい思いをした。でも、ルーシーが巨人の顔に近づくと、巨人はふいにびくっとして、ルーシーをそっと地面にもどしてつぶやいた。

「なんてこった！　おじょうちゃんのほうをつまんじまった。ごめんよぉ、おじょうちゃん、あんたをハンカチとまちがえたよ！」

「いえ、いえ。」ルーシーは笑いながら言った。「はい、どうぞ！」

こんどこそ巨人はハンカチを受けとることができたが、それはちょうど、みなさんにとっての豆つぶぐらいの大きさしかなかったので、巨人がまじめくさって大きな赤ら顔をそれでごしごしふいているのを見てルーシーは言った。

「そんなのじゃ、あまりお役に立たなかったわね、ゴロゴロバフィンさん。」

「いえいえ、とんでものうございます。」巨人は礼儀正しく言った。「こんなすてきなハンカチにお目にかかったことはございません。とてもきれいで、とても便利で、とても――なんと申したらよいか、わかりませんが。」

「なんてすてきな巨人さんかしら！」ルーシーは、タムナスさんに言った。

「ええ、そうですとも」と、フォーン。「バフィン族は、昔からすてきなんですよ。ナルニアの巨人族のなかで、いちばんりっぱな家柄です。あまりかしこくはないかもしれませんがね（かしこい巨人には会ったことがありませんよ）、でも古い家柄です。伝統があるんです。別の巨人なら、魔女が石にしたりしなかったでしょう。」

　このとき、アスランが両の前足を打って、静粛を求めた。

「今日の仕事はまだおわっていない」と、アスラン。「寝る前に魔女をやっつけてしまうには、ピーターたちが戦っている場所を直ちに見つけなければならない。」

「われわれも戦《いくさ》に参加するのだな！」いちばん大きな半人半馬《ケンタウロス》が言った。

「もちろん」と、アスラン。「それも今すぐにだ！　足のおそい者――すなわち、子どもたち、こびと、小動物――は、足の速い者――すなわち、ライオン、半人半馬《ケンタウロス》、一角獣《ユニコーン》、馬、巨人、ワシ――の背中に乗るのだ。鼻のきく者は、われわれライオンとともに先頭に立ち、戦《いくさ》の場所をかぎあてててくれ。しっかりやれ、隊に分かれるのだ。」

　一同は歓声をあげ、大さわぎしながら隊に分かれた。いちばんはしゃいでいたのは、もう一頭のライオンだった。いそがしいふりをしながらあちこち駆《か》けまわっていたが、それというのも、会う者みんなにこう言いたいがためだった。

「ねえ、聞いた？　われわれライオンって言ってたよ。つまり、アスランとぼくのことだ。われわれライオンだってさ。これだから、アスランって好きなんだよ。えこひいきもしなければ、よそよそしくもしない。われわれライオンだってさ。つまり、アスランとぼくのことだよ。」

　そんなことを言いつづけたものだから、とうとうアスランはこのライオンにこびと三人、木の精ひとり、ウサギ二匹にハリネズミ一匹を乗せた。それでようやく、このライオンもさほどうるさくなくなった。

　すべての準備ができると（動物たちをちゃんとした順番にならばせるために、本当にアスランの役に立ったのは大きな牧羊犬だった）、みんなは城の壁の割れ目から出発した。最初はアスランともう一頭のライオンと犬たちがクンクンとかぎまわりながら進んだが、突然、大きな犬がにおいをかぎつけ、見つけたぞと吠《ほ》えた。そうなると、あっというまだった。すぐに犬、ライオン、オオカミなどの狩りをする動物たちみんなも、地面に鼻をつけながら全速力で進んだ。そのうしろ八百メートルほどにわたってひろがっていたそのほかの者たちも、できるだけ急いであとを追った。まるでイングランドのキツネ狩りのようなけたたましさだったが、ときどき、獲物を見つけた犬たちの吠え声のほかに、もう一頭のライオンの吼え声や、ときにはアスラン自身のもっと深くてもっとおそろしい吼え声も加わったから、キツネ狩りよりも大音響だった。においが近くなればなるほど、みんなどんどん速くなった。そうして、せまくて曲がりくねった谷の最後のカーブまで来たとき、ルーシーはこうした騒音のなかに別の音を聞いた。その音を聞くと、ルーシーはなんだか気分が悪くなった。それは、怒鳴る声、悲鳴、それに金属同士がぶつかる音だった。

せまい谷からみんなが出てきたところですぐに、その理由がわかった。ピーターとエドマンドが、アスランの味方の軍とともに、昨晩ルーシーが目にしたおそろしい大勢の生き物たちと必死で戦っていたのだ。昼間の光のなかで見ると、化け物どもは、いっそう気味悪く、なおさら邪悪で、ますますみにくく見えた。それに、昨晩よりもずっと多いようだ。ピーターの軍は——ルーシーに背をむけていたが——ひどく少ないように見えた。しかも、戦場のあちらこちらに像が点々とあったから、魔女が魔法の杖《つえ》を使ったにちがいない。だが、今は使っていないようだ。魔女は、あの石のナイフで戦っているのだ。魔女の相手はピーターだった。ふたりとも必死で戦っているので、いったいなにがどうなっているのか、ルーシーにはよくわからなかった。石のナイフとピーターの剣があまりにもすばやくきらめき、ナイフが三本、剣が三本あるように見えた。このふたりが戦場のまんなかにいて、両側にずっと戦線がひろがっていた。どこを見ても、おぞましいことが起こっていた。

「私の背中からおりなさい、子どもたち」と、アスランがさけんだ。スーザンとルーシーは、ころがるようにしておりた。すると、ひと声、西の街灯から東の海辺まで、ナルニアじゅうをゆるがす雄叫《おたけ》びをあげて、この偉大なる獣《けもの》は白の魔女に飛びかかった。そのときルーシーは見た——魔女が一瞬、アスランのほうへ顔をあげ、恐怖とおどろきの表情を浮かべたのを。それからアスランと魔女は組みあったままたおれたが、魔女が下になっていた。それと同時に、アスランが魔女の城から連れてきた勇ましい動物たちが、いっせいに敵にむかってしゃにむに突撃をかけた。こびとたちは戦《いくさ》用の斧《おの》をふるい、犬たちは牙《きば》をむき、巨人はこん棒をふりまわし（しかも、その足で何十人という敵をふみつぶした）、一角獣《ユニコーン》はその角で、半人半馬《ケンタウロス》は剣とひづめで戦った。先に戦ってつかれていたピーターの軍隊は歓声をあげ、新たにやってきた者たちは鬨《とき》の声をあげ、敵どもは悲鳴をあげて、わけのわからぬことを口走り、森には戦いの音がひびきわたった。

第十七章

白鹿狩り

戦いは、アスランたちが到着して数分後にはおわっていた。敵のほとんどは、アスランとその仲間たちの最初の突撃でたおされ、命を取りとめた連中は、魔女が死んだのを見ると、降参するか逃げ出すかした。ルーシーが気づいてみると、ピーターとアスランが、もう握手をしていた。ピーターのようすがすっかり変わっているのが、ルーシーにはふしぎに思えた。その顔は青ざめて、きびしく、急に年をとったように見えた。

「エドマンドのおかげです、アスラン。」ピーターは言っていた。「エドマンドがいなければ、やられていたと思います。魔女は、ぼくらの仲間の戦士たちを、つぎつぎに石に変えていたのに、エドマンドはひるみませんでした。三人の人食い鬼をたおし、魔女があなたのお付きのヒョウの一頭をちょうど像に変えているところへ駈《か》けつけました。魔女のところに着いたとき、エドマンドは、ほかの者たちのようにいきなり魔女にかかっていってむなしく像にされてしまうようなことをせず、頭を働かせて、剣を魔法の杖にふりおろして、こなごなにしたのです。いったん魔法の杖がこわれると、こちらに勝ち目が出てきました——もうすでに、かなりやられてはいましたが。エドマンドはひどい傷を負っています。手当てをしに行きましょう。」

みんなは、戦場から少しはなれたところで、ビーバー夫人の手当てを受けているエドマンドを見つけた。血まみれで、はあはあと口をあけていて、その顔はひどい土気色をしていた。

「急ぐのだ、ルーシー」と、アスランが言った。

そのとき、ルーシーはクリスマスプレゼントにもらったあの貴重な薬のことをようやく思い出した。ルーシーの両手はふるえてしまってなかなかふたをあけられなかったが、ついになんとかあけて、お兄さんの口にぽたりぽたりと薬をそそいだ。

ルーシーがまだじっとエドマンドの青白い顔をのぞきこんで薬の効果があるのかなと思っていると、「ほかにも傷ついているひとたちがいる」と、アスランが言った。

「ええ、そうね。でも、ちょっと待って。」ルーシーは、むっとして言った。

「イブの娘よ。ほかの者たちも死にかけているのだ。エドマンドのせいで、死者が増えてよいのか？」アスランは、いつもより重々しい声で言った。

「ごめんなさい、アスラン。」ルーシーは、立ちあがってアスランとともに行った。

それから三十分は大いそがしだった——ルーシーがけが人の世話をしているあいだに、

アスランは石になってしまった者たちをもとにもどした。ついにエドマンドのところにもどってこられるようになったときには、エドマンドは自分の足で立ちあがって、傷が治っているばかりか、さっきより——いや、ずっと昔、そもそもひどい学校生活がはじまってエドマンドがおかしくなってからというもの、こんなに元気なエドマンドを見たことがないというくらい元気だった。実のところ、魔女から悪いことを教わっておかしなことになってしまう以前の、よい顔になっていた。もとの本当のエドマンドにもどり、人の顔をまともに見られるようになっていたのだ。戦いがくりひろげられたその場所で、アスランは、エドマンドを騎士にする儀式をおこなった。ルーシーはスーザンにささやいた。

「エドは知ってるの？　アスランがエドのために、なにをしたか？　魔女との取り決めが、本当はなんだったか？」

「しー！　いいえ。もちろん知らないわ」と、スーザン。

「教えてあげたほうがいいんじゃない？」と、ルーシー。

「そんなことないわ。エドには、つらすぎるでしょう。あなた、エドの身になって考えてごらんなさい。」

「でも、知っておくべきだと思うな」と、ルーシーは言った。でも、そのとき、じゃまが入り、この話はそれきりになった。

その晩は、そのまま外で寝た。どうやってアスランがみんなに食事を用意してくれたのかは、わからない。だが、どうにかこうにか、みんなは夜八時ごろ、草に腰をおろして、すてきな紅茶と軽食をいただくことができた。あくる日、一同は、大きな川に沿って東へ行進をはじめた。そして、翌日には、夕方の軽食の時間ごろに、ついに河口に着いたのだ。ケア・パラベルの城が小さな丘の上に高くそびえていた。目の前には砂浜がひろがり、岩や潮だまりや海藻があり、海のにおいがして、どこまでもつづいていく浜辺に青緑の波がいつまでも寄せてはくだけていた。そして、ほら、カモメの鳴き声がする！　みなさんはカモメの声を聞いたことがあるだろうか？　聞いたことがある人は思い出してみてほしい。

その晩、夕食後、四人の子どもたちはふたたび浜辺へ出てきて、靴や靴下をぬいで、足の指のあいだで砂を感じた。だが、翌日は、もっとおごそかだった。というのも、ケア・パラベルの大広間で——すばらしい広間で、屋根は象牙《ぞうげ》、西の壁にはクジャクの羽根がかかっており、東の扉は海に面していた——そこに味方の者がずらりとならぶなか、ラッパのひびきに合わせて、アスランがおごそかに四人に冠をさずけたからだ。四人がアスランに導かれて四つの玉座にすわると、「王ピーター万歳《ばんざい》！　女王スーザン万歳！　王エドマンド万歳！　女王ルーシー万歳！」という、耳をつんざくようなよろこびの声があがった。

「いったんナルニアの王や女王となったら、常に王であり、女王だ。しっかりたのむぞ、アダムの息子たち！　しっかりたのむぞ、イブの娘たち！」と、アスランは言った。

　すると、開け放たれていた東の扉から、岸近くまで泳いできた男女の人魚たちの声がして、新しい王や女王たちのために歌を歌ってくれた。こうして、子どもたちは玉座にすわり、笏杖《しやくじょう》を手にして、味方全員にほうびを取らせ、栄誉をさずけた。そのなかには、フォーンのタムナス、ビーバー夫妻、ジャイアント・ゴロゴロバフィン、ヒョウたち、善良な半人半馬《ケンタウロス》たち、善良なこびとたち、そして例のライオンもいた。その夜、ケア・パラベルでは大宴会となり、飲めや歌えのお祭りさわぎで、金色がきらめき、ワインが流れ、城じゅうの音楽に応《こた》えて、聞いたこともないような、心をゆさぶる、あまい音楽を、海に住む人たちが奏でてくれた。

　ところが、こうしたよろこびの最中に、アスランだけがそっと立ち去っていった。アスランがいないと気づいたとき、王たちと女王たちは、なにも言わなかった。というのも、ビーバーさんが、こう忠告していたからだ。「アスランは現れたり、消えたりするものだ」と。「ある日アスランに会えても、つぎの日には会えなくなります。しばられるのが嫌なんですね——もちろん、よその国のめんどうも、みてやらなければなりませんしね。だいじょうぶです。何度でも来てくれますよ。ただ、無理強いしてはなりません。アスランは野生なのだから。人に飼われるようなライオンではないのです。」

そしてようやく、みなさんにもおわかりのように、このお話はほとんど（すっかりではないが）おわりまでできた。ふたりの王さまとふたりの女王さまは、じょうずにナルニアをおさめ、その治世は長くしあわせにつづいた。最初のうちは、白の魔女の残党をさがし出して、やっつけることで大いそがしだった。実際、長いこと、森の奥に敵がひそんでいるという知らせが絶えなかったのだ。こちらでお化けが出た、あちらでだれか殺されたとさわぎがあり、ある月にはオオカミ人間が目撃され、つぎの月には鬼婆《おにばば》のうわさがあるといった具合だった。でも、ついには、そうしたいまいましい連中は根だやしにされた。そして、王たちと女王たちは、よい法律をつくり、平和を保ち、善良な木々が不必要に切られないようにし、幼いこびとや幼いサテュロスは無理に学校に行かなくてもよいようにしてやり、おせっかいや、でしゃばりはやめさせるようにして、みんながたがいに仲良く暮らせるようにした。おそろしい巨人たち（ジャイアント・ゴロゴロバフィンとはまったく別の種族）が国境をこえてやってきたときには、ナルニアの北へ追い返した。それから、海のむこうの国々と友好関係を結び、国の元首として訪問しあった。そうして何年もたつと、子どもたち自身が成長して変わっていった。ピーターは、背が高く厚い胸をした偉大な武将となり、英雄王ピーターと呼ばれた。スーザンは、背が高く足もとにとどくかというくらい長い黒髪をした優雅な女性となったので、海のかなたの国王たちが、大使をよこして、結婚の申しこみをした。そして、やさしき女王スーザンと呼ばれた。エドマンドは、ピーターより重々しく物静かになり、考えの深い判断力に富んだ男になった。そして、正義王エドマンドと呼ばれた。けれども、ルーシーは、というと、いつまでも陽気な金髪のおじょうさんで、近隣の王子さまという王子さまからお妃《きさき》になってくださいと申しこまれた。ナルニアのひとたちは、勇ましき女王ルーシーと呼んだ。

　こうして四人は、とても楽しく暮らし、こちらの世界の暮らしのことを思い出すようなことがあったとしても、それはただ夢を思い出すようなものにすぎなかった。ある年、タムナスさん（今では中年のフォーンとなり、堂々たる体つきになっていた）が、川をくだって四人に会いに来て、白い牡鹿《おじか》がまた現れたと知らせてくれた――つかまえたら願いをかなえてくれるというあの白い鹿だ。そこで、ふたりの王とふたりの女王は、宮廷の主だった家来を引き連れ、角笛を持ち、猟犬をともなって、西の森に白鹿狩りに出かけた。狩りをはじめてまもなく、鹿が見つかった。たいへんな速さで、荒れ地であろうと平地であろうと、どんなところでも突っ走っていくので、ついに家来たちの馬はみんなへたばって、四人だけが追いかけていくことになった。四人は、鹿が馬でついていけない藪《やぶ》に入っていくのを見た。そこで、王ピーターが言った。

(王と女王になってずいぶんたつので、話しかたもすっかり変わってしまった。)

「かたがた、ここで馬をおり、藪のなかまで、あの獣《けもの》を追っていこうではないか。かくも気高き獲物を追ったためしはかつてない。」

「はい」と、三人。「それがようございましょう。」

そこで四人は馬をおり、馬を木々に結びつけて、深い森へ歩いて入っていった。なかへ入るや、女王スーザンが言った。

「みなさまがた、おどろきの珍事です。これは鉄でできた木でございましょうか。」

「女王陛下」と、王エドマンドが言った。「上のほうまでよくごらんになれば、おわかりになりましょう。先にランプのついた鉄の柱です。」

「まこと、ふしぎなる装置だ」と、王ピーター。「かくも木々が密集しているところにランプをかかげるとは。しかも、あのように高くあっては、だれにも光が見えぬではないか!」

「陛下」と、女王ルーシー。「おそらくは、この柱とランプがここに立てられたとき、このあたりの木々はもっと小さく、あるいは少なく、あるいは、なにもなかったのではないでしょうか。これは、できてまもない森ですが、この鉄の柱は古うございますもの。」

四人はそれを見あげて、たたずんだ。やがて、王エドマンドが言った。

「なぜか知らねど、この柱の上のランプをうちながめると、ふしぎな思いにかられる。かようなものをかつて見たことがあるような。まるで夢、いや夢のなかの夢で――」

「陛下」と、みんなが応えた。「われらもまた同じ思いにかられます。」

「しかも」と、女王ルーシー。「この柱とランプを通りすぎれば、まかふしぎな冒険をすることになるか、さもなくば、われらの運命ががらりと変わる気がしてなりませぬ。」

「女王陛下」と、王エドマンド。「わが胸にもそのような思いがあります。」

「私もだ、弟よ」と、王ピーター。

「私もです」と、女王スーザン。「それゆえ、早々に馬のもとにもどり、白鹿を追うのはやめましょう。」

「女王陛下」と、王ピーター。「その儀はどうかゆるされたい。われら四人がナルニアの王と女王になって以来、戦《いくさ》や冒険や武勲や正義の実践といっためざましきことに、いったん手を染めておきながら、とちゅうであきらめたということはない。はじめたことはかならずやりとげてまいった。」

「姉上」と、女王ルーシー。「兄上のおおせのとおりです。おそれや胸さわぎゆえに、今狩っている気高き獣をあきらめてしまうのは、恥となりましょう。」

「同感だ」と、王エドマンド。「それに、この胸さわぎがなにを意味するのか、ぜひ知りたい。ナルニア一の宝石とひきかえにしても、あきらめることはすまいぞ。」

「では、アスランの名にかけて」と、女王スーザン。「みなさまがたがさように思《おぼ》しめすなら、このまま進んで、われらにふりかかる冒険を受け入れましょう。」

こうして、王と女王らは、しげみに入り、二十歩も歩かないうちに、今見たのは街灯だと思い出した。さらに二十歩も歩かないうちに、枝をかきわけ進んでいるのではなく、コートのなかを進んでいることに気づいた。つぎの瞬間、みんなは、たんすの扉から、がらんとした部屋へころがり出ていた。もはや、狩りの服を着た王や女王ではなく、昔の服を着た、ただのピーター、スーザン、エドマンド、ルーシーとなっていた。しかも、それは、みんながたんすにかくれに入った、まさにあの日、あの時刻だった。マクリーディさんと訪問客たちは、まだ廊下で話している。しかし、さいわいなことに、このがらんとした部屋へは入ってこなかったので、子どもたちはつかまらなかった。

どうしてたんすからコートが四着なくなっているのか？　そのことを教授に説明しなければいけないと子どもたちが思わなかったら、このお話はここでおわっていたことだろう。教授は、とてもりっぱな人なので、子どもたちの話を聞いて、「ばかなことを言ってはいけない」とか、「うそをついてはいけない」などと言わず、なにもかもすっかり信じてくださった。

「いやいや」と、教授はおっしゃった。「たんすの扉を通って、コートを取りにもどろうとしてもむだだろうな。その行きかたではナルニアへはもどれんよ。それに、たとえ、もどれたとしても、コートは今ごろ使いものにならなくなっているさ！　え？なんだって？　そう、もちろん、いつかはまた、きみたちがナルニアへもどる日がくる。いったんナルニアの王となったら、常にナルニアの王なんだからね。だが、同じ方法をもう一度やってみようとしなさんな。いや、それより、ナルニアへもどろうと思ってはだめなんだ。思わぬときに、ひょいと、もどれるものさ。それから、たとえきみたち同士であったとしても、やたらにナルニアのことをしゃべってはいけない。よその人には絶対秘密だ。その人が同じような冒険をしたとわかればいいけどね。なんだって？　どうやってわかるかって？　そりゃあ、だいじょうぶ、わかるさ。そういう人ってのは、へんなことを言うからね。顔つきがちがうのさ。それで秘密がばれちまう。目をよく見開いておきたまえ。やれやれ、最近の学校じゃ、いったいなにを教えているんだろうねえ？」

ここで、たんすの冒険は本当におわりだ。しかし、もし教授のおっしゃるとおりなら、これはまだ、ナルニアの冒険のほんのはじまりにすぎないのである。

訳者あとがき

作者C・S・ルイス（一八九八年十一月二十九日〜一九六三年十一月二十二日）は、アイルランドのクリスチャンの家庭に生まれ、幼い頃ベルファスト郊外にあるダンドラの聖マルコ教会に通っていた。教会のシンボルがライオンで、配布されていた冊子名が「ライオン」だったのは、新約聖書「ヨハネの黙示録」第五章第五節でキリストがライオンと呼ばれているからであろう。

ルイスは、ゴブリンの物語や、ビアトリクス・ポーターの描く服を着た動物の話や、甲冑《かっちゅう》をまとった騎士の話が大好きな子どもだった。九歳のときに母を亡くしてから家庭の幸せは壊れ、十歳で寄宿学校に入り、儀式を重んじる高教会派のキリスト教に接して威圧を感じた。

十二歳からは家の近くのキャンベル・カレッジに通い、ワーグナーの音楽やアーサー・ラッカムの絵を通して北欧神話や民話に夢中になり、その結果、十五歳のときにはキリスト教から心が離れていた。十六歳の頃には、雪の森のなかで傘と包みを持つフォーンのイメージがすでに心のなかにあったという。「ナルニア国物語」の原点だ。

オックスフォード大学入学を目指していたルイスは、父親から、学校を退学してウィリアム・カークパトリック校長の個人教授を受けるように言われ、先生のもとで非常に知的で幸せな二年間強を過ごす。立派なひげを生やし、しっかり指導してくれる先生（専攻は論理学）をルイスは大好きになり、そのもとでギリシア語、フランス語、ドイツ語、イタリア語をマスターし、古典や英文学を読んだ。本書に登場する教授のモデルである。教授の名前は、第六巻『魔術師の甥』で明かされる。カークパトリック先生の無神論の影響を受け、一層キリスト教から離れていく。

一九一六年三月四日、ルイスは駅の売店でふと手にしたジョージ・マクドナルド（角川つばさ文庫『新訳 星を知らないアイリーン――おひめさまとゴブリンの物語』の作者）の『ファンタステス――成年男女のための妖精物語』を読み、衝撃を受ける。『ファンタステス』では、主人公アノドスが、亡くなった父から譲り受けた机のなかに妖精が住んでいることに気づき、翌日目覚めてみると自分の部屋が森に変わっていて、それが妖精の国だとわかるところから物語がはじまる。アノドスは邪悪なるトネリコの木の精に襲われるが、騎士に救われ、巨大な宮殿で大理石の女性に恋をし、彼女を追ってやがて嵐の海を舟で島へ渡り、そこで四つのドアのある小屋に入り、それぞれの部屋で不思議な体験をする。彼は巨人や怪物と戦った末に怪物に殺され、精霊となって漂ったあげく、もとの世界に生き返る。何年も時間が経過したように思えるのだが、家族によれば二十一日しか経っていないという。これもまた「ナルニア国物語」の原点となる。ジョージ・マクドナルドはルイス・キャロルに『不思議の国のアリス』の出版を勧めた重要人物でもあるが、C・S・ルイスはマクドナルドを自らの「師匠」と呼んでいる。

一九一六年十二月、オックスフォード大学奨学生試験に合格。ルイスは大学で英文学や古典語を学んだ末、一九二五年から同大学モードリン・カレッジの英語英文学特別研究員となり、翌年には同じ英語英文学担当教員のJ・R・R・トールキンと親交を結ぶ。その影響もあって（また、G・K・チェスタトン著『人間と永遠』を読んだ影響もあり）、一九二九年夏、三十一歳のとき「生涯の転回点」を経験する。その夏、二階建てバスに乗ってオックスフォードの丘をのぼっていたとき、神を受け入れるしかないと悟るのである。これまで真実を避けていた自分を責め、不承不承の改心を認めてくださる神の謙遜《けんそん》の前に跪《ひざまず》いたのだ。とは言え、すぐにキリスト教に帰依することはできなかった。キリストが死んで蘇《よみがえ》ることの意味が腑《ふ》に落ちなかったルイスは、友人らと議論を重ね、二年後についに「神話」の力を認めるに至り、一九三一年九月末、キリスト教（聖公会）に復帰し、それ以降その信仰に基づいて著作活動を展開すると同時に、ケンブリッジ大学の英文学教授（一九五四～六三）として研究と教育に携わった。

ルイスの著作は児童文学のみならず学術書やエッセーなど多岐に亘《わた》るが、その著作目録は、マイケル・ホワイト著、中村妙子訳『ナルニア国の父C・S・ルイス』（岩波書店、二〇〇五）の巻末に邦訳とともにまとめられているので参照されたい。たとえば、中世初期からシェイクスピア時代までの恋愛文学の寓意《ぐうい》についてのオックスフォード大学での自身の講義をまとめた最初の学術書『愛とアレゴリー――ヨーロッパ中世文学の伝統』（一九三六）は、シェイクスピア学者の玉泉八州《たまいずみやす》男《お》氏によって邦訳（筑摩書房、一九七二）されていることも漏れなく記載されている。

ルイスはこの『愛とアレゴリー』をオックスフォード大学出版局から出したのをきっかけに、出版局の編集者チャールズ・ウィリアムズと親友となった。ウィリアムズは神話的物語を書く作家でもあり、このとき『ライオンの場所』（一九三一）というファンタジー小説をルイスに贈った。これはアスランの原点の一つかもしれない。ちなみに英語では「アズラン」と濁って発音するが、ルイス自身がキャロル・ジェンキンズという少女に宛てた一九五二年一月二十二日付の手紙に「アスランという名はレイン訳『アラビアン・ナイト』の注で見つけました。トルコ語でライオンの意味です。私は「アースラン」と発音します」と記しており（Lewis, *Letters to Children* (1985; New York: Simon and Schuster, 1996), p. 29）、本書では濁らずに訳した。

ルイスは親友ウィリアムズや先輩トールキンらと共に文学サークル《インクリング

ズ》を結成。一九四五年五月にウィリアムズが病死すると、ルイスはその悲しみから、目に見えない世界について考えを深めるようになる。その結果、一九四七年に『奇跡論』を出版するが、のちにケンブリッジ大学哲学教授となる若きエリザベス・アンスコムと公開論争をして大敗を喫する。これ以降ルイスは児童文学に転向したと言われる。誇りを打ち砕かれた結果、むしろキリスト教の敵は誇り（プライド）であることに気づいて、幼子の純な心に思いを致したのかもしれない。

ルイスが、幼い頃に読んだイーディス・ネズビットの本に大きな影響を受けたことはルイス自身も認めている。特に十二の短編を収めたネズビットの『魔法の世界』（一九一二）に収められた「おばさんとアマベル」は、少女が魔法のたんすを通って異世界へ行く話だ。『魔術師の甥』などは、ネズビットの『アミュレット物語』（邦題『魔よけ物語』）に負っているところが大きい。

自ら英文学におけるアレゴリーを講じる教授でもあったルイスの描く作品において、アスランの復活がキリストの復活を表し、石舞台への道はゴルゴタの丘への道を、裏切りのエドマンドはユダを象徴することは、ここであえて触れなくてもよいだろう。本書はあくまでファンタジー小説なのだから、キリスト教の知識はなくてもじゅうぶん楽しめる。どうしても本作中のシンボルの意味や聖書への言及を知りたい人は、Marvin D. Hinten, *The Keys to the Chronicles: Unlocking the Symbols of C. S. Lewis's*

Narnia（Broadman and Holman, 2005）をはじめとする研究書を参照されたい。

さて、本書を執筆した一九五〇年当時、ルイスは続きを書くつもりはなかったのだが、その後、次の順番で出版され、「ナルニア国物語」全七巻ができあがる（③巻以降の邦題は予定）。

①『ライオンと魔女と洋服だんす』（*The Lion, the Witch and the Wardrobe*, 1950）
②『カスピアン王子』（*Prince Caspian: The Return to Narnia*, 1951）
③『夜明けのむこう号の航海』（*The Voyage of the Dawn Treader*, 1952）
④『銀の椅子』（*The Silver Chair*, 1953）
⑤『馬とその少年』（*The Horse and His Boy*, 1954）
⑥『魔術師の甥』（*The Magician's Nephew*, 1955）
⑦『最後の戦い』（*The Last Battle*, 1956）

『魔術師の甥』でナルニア誕生秘話が語られることになるので、描かれた出来事の順に並べ替えると次のようになる。

①ナルニア元年（地球時間一九〇〇年）『魔術師の甥』

②ナルニア一〇〇〇〜一〇一五年（地球時間一九四〇年）『ライオンと魔女と洋服だんす』
③ナルニア一〇一四年（地球時間一九四〇年）『馬とその少年』
④ナルニア二三〇三年（地球時間一九四一年）『カスピアン王子』
⑤ナルニア二三〇六〜七年（地球時間一九四二年夏）『夜明けのむこう号の航海』
⑥ナルニア二三五六年（地球時間一九四二年秋）『銀の椅子』
⑦ナルニア二五五五年（地球時間一九四九年）『最後の戦い』

刊行順に読んだほうがいいのか、ナルニアの年代順に読んだほうがいいのか、さまざまな議論がなされてきた。決定打は、一九五七年四月、ローレンス・クリーグという十一歳の少年がシリーズを再読するに当たって「お母さんは刊行順に読むのが正しいと言いますが、ぼくは年代順に読んだほうがいいのではないかと思います。どちらが正しいのでしょうか」という内容の手紙をルイスに書き送ったところ、四月二十三日付の返信でルイスが「私はお母さんの意見〔刊行順〕よりも君の意見〔年代順〕に賛成です」と返事したことだ。ルイスは「作者の意見は作品に対して大きな意味はもたない」とも書いているが、作者の意図に従うことにするとして一九八〇年にイギリスで出版社コリンズ（のちのハーパーコリンズ）が『魔術師の甥』を第一巻とする年代順刊行をはじめ、ルイスの伝記作家ウォルター・フーパーは「ようやくルイスの言ったとおりの読み方ができるようになった」と述べた。ハーパーコリンズ社は一九九四年にアメリカでの出版権も獲得し、ルイスの義理の息子ダグラス・グレシャム（一九四五～）に刊行の順番について意見を求めたところ「ルイス自身に訊《たず》ねたとき、年代順に読むのがよいと言っていた」との返答があったため、現在洋書で入手できる新しい本は年代順刊行となっている。

この点について、***Companion to Narnia, Revised Edition: A Complete Guide to the Magical World of C.S. Lewis's The Chronicles of Narnia*** (New York: HarperCollins, 2005) の著者であるフォード博士（Paul F. Ford）は、「ほとんどの学者は年代順の刊行に反対しており、ルイスの最も深遠な意図に反するものだ」と述べている。何人かの学者の意見を紹介しよう。

ミシガン州ホープ大学のピーター・J・シャコル教授は、作者の意図（authorial intention）は英文学の解釈では意味をもたないとされているという批評史を踏まえたうえで、『魔術師の甥』から読み始める利点は、起こった出来事の順番どおりに読んでいく点以外にないが、ルイスは物語を途中から語り始める ***in medias res*** という手法を用いており、『カスピアン王子』においても、子どもたちが突然ナルニアに引き戻されるところからはじまり、読者は子どもたちとともに謎への不安や興味を感じたうえで、第四章からトランプキンの語りによって過去へとフラッシュバックしていき、そこからさまざまな謎が解けていくおもしろさを味わうと論じている。起こった出来事の順番どおりが重要なら、本を第四章からはじめてカスピアン王子の視点ですべてを語ることもできたが、ルイスはそうしなかった。それは読者がルーシーたちと経験をともにすることのほうが重要だからであり、そのことは「ナルニア国物語」全体に言えることだと主張している（Peter J. Schakel, “The ‘Correct’ Order for Reading the Chronicles of Narnia?,” in Shanna Caughey, ed., *Revisiting Narnia: Fantasy, Myth and Religion in C. S. Lewis' Chronicles*（Dallas: BenBella Books, 2005）, pp. 91-102; reprint from Schakel, *Imagination and the Arts in C. S. Lewis*（Columbia and Lodnon: University of Missouri Press, 2002）, chap 3; see also his *Way into Narnia: A Reader's Guide*（Cambridge: Eerdmans, 2005)）。

ケンタッキー州アズベリー大学ブラウン教授もシャコル教授の論を支持し、ペベンシー家の子どもたちと経験をともにするには刊行順に読む必要があり、さもないと重要な謎が前もって明かされてしまって効果がなくなると論じている（Devin Brown, *Inside Narnia: A Guide to Exploring The Lion, the Witch and the Wardrobe*（Grand Rapids: Baker, 2005）, p. 109）。ルイスの伝記を著した牧師アリスター・マクグラスも同様に、ナルニアとアスランの謎が徐々に明らかになっていく『ライオンと魔女と洋服だんす』の極めて重要な物語要素が、『魔術師の甥』を先に読み始めることでだめになってしまうと論じている（Alister McGrath, *C. S. Lewis – A Life: Eccentric Genius, Reluctant Prophet* (Carol Stream: Tyndale House, 2013), pp. 272-74)。

それではなぜルイス自身は、学者たちに猛反対される読み方をよしとしたのだろうか。手紙を書き送ってくれた少年の意見を尊重してあげたいという思いや、クリスチャンとしてエゴを捨ててあらゆるものを認めようとする態度がここに表れているとする議論もあった。確認のために問題の手紙を丁寧に読んでみよう。

> 私はお母さんの意見〈刊行順〉よりも君の意見〈年代順〉に賛成です。このシリーズは君のお母さんが考えているように前もって計画されていたものではありません。『ライオン』を書いたとき、続きを書くことになるとは思っていませんでした。それから続編『カスピアン王子』を書きましたが、さらに続くとは思っていませんでしたし、『夜明けのむこう号』を終えたときは、これで最後だと思っていました。でも、私はまちがっていたのです。ですから、誰がどの順番で読もうとかまわないのかもしれません。そのあとの巻が出版された順番で書かれたかどうかも今やわからなくなりました。ノートのようなものはとっておらず、私は日付を覚えない性質なので。

ここから読み取れるのは、『ライオン』、『カスピアン王子』、『夜明けのむこう号』はその順番で書いたことはまちがいないが、そのあとどういう順番で書いたか忘れてしまったということだ。それゆえ必ずしも刊行順にこだわる必要がないという思いがルイスにはあったかもしれない。また、自分の考えがまちがっていた、だから、「誰がどの順番で読もうとかまわないのかもしれません」とする理屈の立て方も興味深い。ここには、自分の主張を表明することを避けて、自分の言うことはまちがっているかもしれないから他の可能性を認める態度があるとは言えないだろうか。

プリンス・エドワード・アイランド大学教授ブレントン・ディッキーソンはそのブログ（A Pilgrim in Narnia）で、第三の読み方を提案している。それは、初めて読むときは刊行順で読んでナルニアの不思議をペベンシー家のきょうだいとともに味わうべきだが、再読するときは年代順で読んで、別の角度から世界を体験するのがよいのではないかという提案だ。そういえば、問題の手紙の相手の少年は「再読したいので」と書いていた。初読か再読かは重要な点だったかもしれない。

ルイスの真意はわからない。

わからないことがあるのは、ナルニアの世界の住人にとっては大切かもしれない。すべてが理屈ですっきりと明確にされると信じてはならないし、目に見えないから存在しないなどと言ってはいけないし、自分の認識はまちがっているかもしれない可能性を常に考えておかなければならない。知性に絶対的な信を置く主知主義的思考とはちがって、ルイスの認識論では理性よりも音や感触などの感覚的なところも大切だ。その方面に興味のある方には、Gregory Bassham, and Jerry L. Walls, eds, *The Chronicles of Narnia and Philosophy: The Lion, the Witch, and the Worldview* (Chicago: Open Court, 2005) をお薦めする。

ナルニアの世界は踏み込めば踏み込むほど、奥が深い。さらに関連書を読んでみたいという方のために、和書もいくつか挙げておこう（著者五十音順）。

安藤聡『ナルニア国物語解読』（彩流社、二〇〇六）

A・N・ウィルソン、中村妙子訳『C・S・ルイス評伝』（新教出版社、二〇〇八）

小林眞知子『C・S・ルイス――霊の創作世界』（彩流社、二〇一〇）

デヴィッド・C・ダウニング、唐沢則幸訳『「ナルニア国物語」の秘密』（バジリコ、二〇〇八）

竹野一雄編『C・S・ルイスの贈り物』（かんよう出版、二〇一三）

竹野一雄『キリスト教弁証家C・S・ルイスの遺産』（かんよう出版、二〇一七）

竹野一雄『C・S・ルイス　歓びの扉――信仰と想像力の文学世界』（岩波書店、

二〇一二）
竹野一雄『C・S・ルイスの世界――永遠の知恵と美』（彩流社、一九九九）
ウォルター・フーパー、山形和美監訳『C・S・ルイス文学案内事典』（彩流社、一九九八）
本多峰子『天国と真理――C・S・ルイスの見た実在の世界』（新教出版社、一九九五）
アリスター・E・マクグラス、佐柳文男訳『C・S・ルイスの読み方――物語で真実を伝える』（教文館、二〇一八）（詳細な参考文献が付いている）
山形和美・竹野一雄編『C・S・ルイス『ナルニア国年代記』読本』増補改訂（国研出版、一九九五）

河合祥一郎

二〇二〇年三月

本書は二〇一七年十月に小社より刊行された角川つばさ文庫（児童向け）を一般向けに加筆修正したうえ、新たに文庫化したものです。
本書には、一部差別的ともとれる表現がふくまれていますが、作者が故人であること、作品が発表された当時の時代背景、文学性や芸術性などを考慮し、原文をそのまま訳して掲載しています。

（編集部）

本文挿絵／ソノムラ

新訳《しんやく》

ナルニア国《こく》物《もの》語《がたり》1

ライオンと魔女《まじょ》と洋服《ようふく》だんす

C・S・ルイス　河合《かわい》祥一郎《しょういちろう》＝訳

令和2年 8月25日　初版発行
令和6年 6月30日　7版発行

発行者●山下直久

発行●株式会社KADOKAWA
〒102-8177　東京都千代田区富士見2-13-3
電話　0570-002-301(ナビダイヤル)

角川文庫 22298

印刷所●株式会社KADOKAWA
製本所●株式会社KADOKAWA

表紙画●和田三造

◎本書の無断複製（コピー、スキャン、デジタル化等）並びに無断複製物の譲渡および配信は、著作権法上での例外を除き禁じられています。また、本書を代行業者等の第三者に依頼して複製する行為は、たとえ個人や家庭内での利用であっても一切認められておりません。
◎定価はカバーに表示してあります。

●お問い合わせ
https://www.kadokawa.co.jp/（「お問い合わせ」へお進みください）
※内容によっては、お答えできない場合があります。
※サポートは日本国内のみとさせていただきます。
※Japanese text only

©Shoichiro Kawai 2017, 2020　Printed in Japan
ISBN 978-4-04-109248-4　C0197

◆◇◇

角川文庫発刊に際して

角川源義

第二次世界大戦の敗北は、軍事力の敗北であった以上に、私たちの若い文化力の敗退であった。私たちの文化が戦争に対して如何に無力であり、単なるあだ花に過ぎなかったかを、私たちは身を以て体験し痛感した。西洋近代文化の摂取にとって、明治以後八十年の歳月は決して短かすぎたとは言えない。にもかかわらず、近代文化の伝統を確立し、自由な批判と柔軟な良識に富む文化層として自らを形成することに私たちは失敗して来た。そしてこれは、各層への文化の普及滲透を任務とする出版人の責任でもあった。

一九四五年以来、私たちは再び振出しに戻り、第一歩から踏み出すことを余儀なくされた。これは大きな不幸ではあるが、反面、これまでの混沌・未熟・歪曲の中にあった我が国の文化に秩序と確たる基礎を齎らすためには絶好の機会でもある。角川書店は、このような祖国の文化的危機にあたり、微力をも顧みず再建の礎石たるべき抱負と決意とをもって出発したが、ここに創立以来の念願を果すべく角川文庫を発刊する。これまで刊行されたあらゆる全集叢書文庫類の長所と短所とを検討し、古今東西の不朽の典籍を、良心的編集のもとに、廉価に、そして書架にふさわしい美本として、多くのひとびとに提供しようとする。しかし私たちは徒らに百科全書的な知識のジレッタントを作ることを目的とせず、あくまで祖国の文化に秩序と再建への道を示し、この文庫を角川書店の栄ある事業として、今後永久に継続発展せしめ、学芸と教養との殿堂として大成せんことを期したい。多くの読書子の愛情ある忠言と支持とによって、この希望と抱負とを完遂せしめられんことを願う。

一九四九年五月三日

ナルニア国物語2巻のお話は…

物語は、1巻の終わりから、一年後にはじまる。

夏休みも終わり、四人のきょうだいたちは、寄宿学校に帰ることに。小さな駅のベンチにすわって、なんだかつまらない気持ちで学校行きの汽車を待っていると、ルーシーが「キャッ」と悲鳴をあげた。

「だれかが魔法の力で、私たちを引っぱってる！」

一瞬で、四人はまたナルニアに引きもどされてしまう。でも、そこはみんなの知っているナルニアではなかった。四人が王様だった時代から一千年もの時がたった、未来のナルニアだったのだ！

そのナルニアを統治するミラーズは、ひどく残虐な王で、自分の甥であるカスピアン王子を暗殺しようとたくらんでいるらしい。おまけに〝白の魔女〟を復活させようとする動きもあるようだ……。四人は、無事、ナルニアをよみがえらせることができるのか？

発売中

新訳 ナルニア国物語 2
カスピアン王子（角川文庫）
C・S・ルイス　訳／河合祥一郎

角川文庫海外作品

不思議の国のアリス

ルイス・キャロル
河合祥一郎＝訳

ある昼下がり、アリスが土手で遊んでいると、チョッキを着た兎が時計を取り出しながら、生け垣の下の穴にぴょんと飛び込んで……個性豊かな登場人物たちとユーモア溢れる会話で展開される、児童文学の傑作。

鏡の国のアリス

ルイス・キャロル
河合祥一郎＝訳

ある日、アリスが部屋の鏡を通り抜けると、そこはおしゃべりする花々やたまごのハンプティ・ダンプティたちが集う不思議な国。そこでアリスは女王を目指すのだが……永遠の名作童話決定版！

新訳 ハムレット

シェイクスピア
河合祥一郎＝訳

デンマークの王子ハムレットは、突然父王を亡くした上、その悲しみの消えぬ間に、母・ガードルードが、新王となった叔父・クローディアスと再婚し、苦悩するが……画期的新訳。

新訳 ロミオとジュリエット

シェイクスピア
河合祥一郎＝訳

モンタギュー家の一人息子ロミオはある夜仇敵キャピュレット家の仮面舞踏会に忍び込み、一人の娘と劇的な恋に落ちるのだが……世界恋愛悲劇のスタンダードを原文のリズムにこだわり蘇らせた、新訳版。

新訳 ヴェニスの商人

シェイクスピア
河合祥一郎＝訳

アントーニオは友人のためにユダヤ商人シャイロックに借金を申し込む。「期限までに返せなかったらアントーニオの肉1ポンド」を要求するというのだが……人間の内面に肉薄する、シェイクスピアの最高傑作。

角川文庫海外作品

新訳 リチャード三世
シェイクスピア 河合祥一郎＝訳

醜悪な容姿と不自由な身体をもつリチャード。兄王の病死をきっかけに王位を奪い、すべての人間を嘲笑し返そうと屈折した野心を燃やす男の壮絶な人生を描く、シェイクスピア初期の傑作。

新訳 マクベス
シェイクスピア 河合祥一郎＝訳

武勇と忠義で王の信頼厚い、将軍マクベス。しかし荒野で出合った三人の魔女の予言は、マクベスの心の底に眠っていた野心を呼び覚ます。妻にもそそのかされたマクベスはついに王を暗殺するが……。

新訳 十二夜
シェイクスピア 河合祥一郎＝訳

オーシーノ公爵は伯爵家の女主人オリヴィアに思いを寄せるが、彼女は振り向いてくれない。それどころか、女性であることを隠し男装で公爵に仕えるヴァイオラになんと一目惚れしてしまい……。

新訳 夏の夜の夢
シェイクスピア 河合祥一郎＝訳

貴族の娘・ハーミアと恋人ライサンダー。そしてハーミアのことが好きなディミートリアスと彼に恋するヘレナ。妖精に惚れ薬を誤用された4人の若者の運命は？幻想的な月夜の晩に妖精と人間が織りなす傑作喜劇。

新訳 から騒ぎ
シェイクスピア 河合祥一郎＝訳

ドン・ペドロは策を練り友人クローディオとヒアローを婚約させた。続けて友人ベネディックとビアトリスもくっつけようとするが、思わぬ横やりが入る。思いこみの連続から繰り広げられる恋愛喜劇。新訳で登場。

角川文庫海外作品

新訳 まちがいの喜劇
シェイクスピア
河合祥一郎＝訳

アンティフォラスは生き別れた双子の弟を探しにエフェソスにやってきた。すると町の人々は、兄をもとからいる弟とすっかり勘違い。誤解が誤解を呼び、町は大混乱。そんなときとんでもない奇跡が起きる……。

新訳 オセロー
シェイクスピア
河合祥一郎＝訳

美しい貴族の娘デズデモーナを妻に迎えたヴェニスの黒人将軍オセロー。恨みを持つ旗手イアーゴーの巧みな策略により妻の姦通を疑い、信ずるべき者たちを手にかけてしまう。シェイクスピア四大悲劇の一作。

新訳 お気に召すまま
シェイクスピア
河合祥一郎＝訳

舞台はフランス。宮廷から追放され、男装して森に逃げる元公爵の娘ロザリンド。互いに一目惚れした青年オーランドーと森で再会するも目下男装中。正体を明かさないまま、二人の恋の駆け引きが始まる――。

新訳 アテネのタイモン
シェイクスピア
河合祥一郎＝訳

財産を気前よく友人や家来に与えるアテネの貴族タイモンは、膨れ上がった借金の返済に追われる。他の貴族に援助を求めるが、手の平を返したようにそっぽを向かれ、タイモンは森へ姿をくらましてしまい――。

新訳 フランケンシュタイン
メアリー・シェリー
田内志文＝訳

若く才能あふれる科学者、フランケンシュタイン。人間創出に情熱を注いだ結果、恐ろしい怪物が生み出されてしまう。愛する者を怪物から守ろうとする科学者の苦悩と正義を描いた、ゴシックロマン。

角川文庫海外作品

小さい人魚姫 アンデルセン童話集
アンデルセン
山室 静＝訳
人間の王子に恋をした美しい人魚姫は、魔女に頼み、美しい声と引きかえに足を手に入れる。王子と結婚できなければ海の泡と消えてしまう人魚姫は……表題作ほか、「親指姫」など初期代表作12話を収録。

雪の女王 アンデルセン童話集
アンデルセン
山室 静＝訳
物がゆがんで見えるようになる悪魔の鏡のかけらが刺さったカイ。すっかり人が変わってしまった彼は美しい雪の女王に連れ去られてしまう。仲よしの少女ゲルダは彼を探して旅にでるが……中期代表作10話収録。

海底二万里 (上)(下)
ジュール・ヴェルヌ
渋谷 豊＝訳
1866年、大西洋に謎の巨大生物が出現した。アメリカ政府の申し出により、アロナックス教授は、召使いのコンセイユとともに怪物を追跡する船に乗り込む。順調な航海も束の間、思わぬ事態が襲いかかる……。

若草物語
L・M・オルコット
吉田勝江＝訳
舞台はアメリカ南北戦争の頃のニューイングランド。マーチ家の四人姉妹は、従軍牧師として戦場に出かけた父の留守中、優しい母に見守られ、リトル・ウィメン（小さくも立派な婦人たち）として成長してゆく。

ダークタワー I ガンスリンガー
スティーヴン・キング
風間賢二＝訳
すべてが奇妙に歪み、変転する世界。この世ならぬ異境で、最後の拳銃使いローランドは、宿敵である黒衣の男を追いつづけていた。途中で不思議な少年ジェイクと出会い、ともに旅を続けるのだが……。

角川文庫海外作品

ダークタワーⅡ　運命の三人 (上)(下)
スティーヴン・キング
風間賢二＝訳

〈暗黒の塔〉を目指し、孤独な旅を続けるローランド。浜辺に辿りついた彼は、夜ごと出現する異形の化け物に、拳銃使いには欠かせない右手の二本の指を食いちぎられる。そんな時、砂浜に奇妙なドアが出現した。

グッド・オーメンズ (上)(下)
ニール・ゲイマン
テリー・プラチェット
金原瑞人・石田文子＝訳

黙示録に記されたハルマゲドンを実現すべく、悪魔が、この世を滅ぼすことになる赤ん坊を外交官の一家に生まれた赤ん坊とすり替えた。しかし11年後様子を見に行くと、子どもがいない!? 人類の命運やいかに？

アルテミス・ファウル 全三巻
妖精の身代金　北極の事件簿　永遠の暗号
オーエン・コルファー
大久保　寛＝訳

アルテミス・ファウルは、伝説的な犯罪一家に育った12歳の天才少年。「妖精の書」を解読したアルテミスは、妖精の黄金を手に入れようともくろむが、本物の妖精たちは、ハイテクで武装した危険な集団だった！

スター・ウォーズ　ブラッドライン (上)(下)
クラウディア・グレイ
富永和子＝訳

リーダーシップを欠き混迷する新共和国。敵対する2大政党に属すレイア・オーガナ議員とランソム・カスタルフォ議員は、ある犯罪カルテルの実態調査のため協力することになるが、テロ事件に巻き込まれ――！

スター・ウォーズ　ダース・プレイガス (上)(下)
ジェームズ・ルシーノ
富永和子＝訳

不死の研究に取り憑かれていたシス卿ダース・プレイガスは、惑星ナブーで17歳の学生パルパティーンと出会う。邪悪なパルパティーンに魅了されたプレイガス。やがて彼らはジェダイを滅ぼす計画を進める。